낭송

연암집

낭송Q시리즈 산문편 **낭송 연암집**

발행일 2021년 1월 25일(庚子年 己丑月 癸酉日) | **지은이** 박지원 | **풀어 읽은이** 길진숙 |
펴낸곳 북드라망 | **펴낸이** 김현경 | **주소** 서울시 종로구 사직로8길 24 1221호(내수동, 경희궁의아침 2단지) |
전화 02-739-9918 | **이메일** bookdramang@gmail.com

ISBN 979-11-90351-54-6 04810 세트 979-11-90351-53-9

낭송 Q 시리즈

산문편 01

燕巖集

낭송 연암집

박지원 지음

길진숙 풀어 읽음

▶낭송Q시리즈 산문편 『낭송 연암집』 사용설명서◀

1. '낭송Q'시리즈의 '낭송Q'는 '낭송의 달인 호모 큐라스'의 약자입니다. '큐라스'(curas)는 '케어'(care)의 어원인 라틴어로 배려, 보살핌, 관리, 집필, 치유 등의 뜻이 있습니다. '호모 큐라스'는 고전평론가 고미숙이 만든 조어로, 자기배려를 하는 사람, 즉 자신의 욕망과 호흡의 불균형을 조절하는 능력을 지닌 사람을 뜻하며, 낭송의 달인이 호모 큐라스인 까닭은 고전을 낭송함으로써 내 몸과 우주가 감응하게 하는 것이야말로 최고의 양생법이자, 자기배려이기 때문입니다(낭송의 인문학적 배경에 대해 더 궁금하신 분들은 고미숙의 『낭송의 달인 호모 큐라스』를 참고해 주십시오).

2. 낭송Q시리즈는 '낭송'을 위한 책입니다. 따라서 이 책은 꼭 소리 내어 읽어 주시고, 나아가 짧은 구절이라도 암송해 보실 때 더욱 빛을 발합니다. 머리와 입이 하나가 되어 책이 없어도 내 몸 안에서 소리가 흘러나오는 것, 그것이 바로 낭송입니다. 이를 위해 낭송Q시리즈의 책들은 모두 수십 개의 짧은 장들로 이루어져 있습니다. 암송에 도전해 볼 수 있는 분량들로 나누어 각 고전의 맛을 머리로, 몸으로 느낄 수 있도록 각 책의 '풀어 읽은이'들이 고심했습니다.

3. 최고의 양생법이자 새로운 독서법으로서의 '낭송'을 처음 세상에 알린 **낭송Q시리즈의 시즌 1**은 **동청룡·남주작·서백호·북현무편**으로 이루어져 있으며, 사계절의 기운을 담고 있는 것을 특징으로 합니다. 동청룡편에는 봄의 창조적 기운, 남주작편에는 여름의 발산력과 화려함, 서백호편에는 가을의 결단력, 북현무편에는 지혜와 상상력을 키울 수 있는 고요함을 품은 고전들이 속해 있습니다. 각 편 서두에는 판소리계 소설을, 마무리에는 네 편으로 나눈 『동의보감』을 하나씩 넣었고, 그 사이에 유교와 불교의 경전, 동아시아 최고의 명문장들을 배열했습니다.

▷ 동청룡: 『낭송 춘향전』, 『낭송 논어/맹자』, 『낭송 아함경』, 『낭송 열자』, 『낭송 열하일기』, 『낭송 전습록』, 『낭송 동의보감 내경편』

▷ 남주작 : 『낭송 변강쇠가 / 적벽가』, 『낭송 금강경 외』, 『낭송 삼국지』, 『낭송 장자』, 『낭송 주자어류』, 『낭송 홍루몽』, 『낭송 동의보감 외형편』

▷ 서백호 : 『낭송 흥보전』, 『낭송 서유기』, 『낭송 선어록』, 『낭송 손자병법/오자병법』, 『낭송 이옥』, 『낭송 한비자』, 『낭송 동의보감 잡병편 (1)』

▷ 북현무 : 『낭송 토끼전/심청전』, 『낭송 도덕경/계사전』, 『낭송 대승기신론』, 『낭송 동의수세보원』, 『낭송 사기열전』, 『낭송 18세기 소품문』, 『낭송 동의보감 잡병편 (2)』

4. **낭송Q시리즈 시즌 2**는 고전과 몸 그리고 일상이 조화를 이루는 훈련으로서의 낭송에 초점을 맞추었습니다. **샛별편**에는 전통시대의 초학자들이 제일 먼저 배우며 가장 오래도록 몸과 마음에 새겨 놓은 고전을 담았고, **원문으로 읽는 디딤돌편**은 몸으로 원문의 리듬을 익혀 동양 고전과 자유자재로 접속할 수 있는 힘을 키울 수 있도록 했습니다. 또 **민담·설화편**은 입에서 입으로 전해지는 낭송의 진수를 보여 주는 우리나라 각 지역의 옛날이야기들을 모았으며, **조선왕조실록편**은 조선 태조로부터 철종에 이르기까지 25대 472년간의 역사를 연월일 순서에 따라 편년체로 기록한 조선왕조실록을 낭송에 맞게 새롭게 엮었습니다.

▷ 샛별편: 『낭송 천자문/추구』, 『낭송 명심보감』, 『낭송 격몽요결』, 『낭송 사자소학』

▷ 원문으로 읽는 디딤돌편: 『낭송 대학/중용』, 『낭송 주역』, 『낭송 논어』

▷ 민담·설화편: 『낭송 경기도의 옛이야기』, 『낭송 경상북도의 옛이야기』, 『낭송 경상남도의 옛이야기』, 『낭송 제주도의 옛이야기』, 『낭송 충청남도의 옛이야기』, 『낭송 충청북도의 옛이야기』, 『낭송 전라남도의 옛이야기』, 『낭송 전라북도의 옛이야기』, 『낭송 강원도의 옛이야기』, 『낭송 인천·경기북부의 옛이야기』,

▷ 조선왕조실록편: 『낭송 태조실록』, 『낭송 태종실록』, 『낭송 세종실록』, 『낭송 성종실록』

5. 낭송Q시리즈 산문편은 낭송Q시리즈 시즌 2의 연장으로, 동양의 산문 고전을 낭송에 적합하게 엮어 옛 사람들의 빛나는 사유와 문장을 맛볼 수 있게 하였습니다.

6. 낭송Q시리즈 산문편인 이 책 『낭송 연암집』은 연암 박지원의 문집인 『연암집』(燕巖集)과 『연암선생서간첩』(燕巖先生書簡帖)에서 가려 뽑은 내용들을 현재의 독자들이 편하게 소리 내어 읽을 수 있도록 그 편제를 새롭게 하여 번역하고 엮은 것입니다.

차례

燕巖集

머리말

연암의 '슬기로운' 수령 생활 그리고 글쓰기

1.

바야흐로 '백세시대'라고 한다. 오십 줄에 막 들어섰을 때는 내 앞에 펼쳐진 50년의 여생이 두려웠다. 뭘 하며 남은 50년을 보내지, 솔직히 상상만으로도 그 긴 레이스가 버겁게 느껴졌다. 그런데 그로부터 6년이 훌쩍 지나 버렸다. 소소하거나 크거나 상관없이, 느닷없는 사건들이 수시로 일어나고 이걸 수습하다 보니 정신없이 또 이만큼의 세월이 지나 버린 것이다. 딱히 목표도 없고, 성취에 대한 열망도 크지 않건만, 나를 무색하게 할 정도로 시간이 빨리 흘러 버린 것이다. 앞서의 두려움은 그야말로 기우! 지금도 무심한 듯 무료하지 않게 그리고 생각보다 쏜살같이, 세월은 강물처럼 흐르고 있다.

어느새, 백 살까지 오래 산다 해도 살아온 날보다 살아갈 날이 적은 시점에 와 버렸다. 이렇게 생각하면 늙어 감을 슬퍼해야 하는데, 오히려 생의 무게를 덜어 내는 것 같아 몸과 마음이 가볍다. '정말?' 하고 반문할 텐데, 진짜 그렇다. 지금은 앞으로가 어떨지 걱정하지 않는다. 내일을 쓸데없이 예단하지 않는다. 그저 매일 매일을 잘 살아 내는 게 목표 아닌 목표다. 대단한 일을 해야 한다든가, 적당한 선에서 세상살이 눈치껏 맞춰야 한다든가, 이런 고단한 의식에서 벗어나는 중이다. 살아갈 날이 적어지니 이런 식으로 시간을 소모하기보다 덜 피곤하고 덜 의식적으로 살고 싶어진다. 그래서 나이 드니 오히려 자유롭고 더 편안하다.

요즘에 내가 유독 관심이 가는 건, 젊은 시절의 이야기보다 늙어 가는 이야기다. 굳이 분별심을 갖고 나눌 것까지야 없지만 그래도 더 많이 마음에 와닿는다. 그래서 연암(燕巖) 박지원(朴趾源, 1737~1805)의 낭송집을 기획했을 때 나는 중년 이후에 쓴 연암의 글에 끌렸다. 연암의 경우 젊은 시절 쓴 글이든 만년에 쓴 글이든 좋지 않은 것이 없을 정도로 다 좋다. 그럼에도 나는 연암을 대표하는 그 경쾌하고 창의적인 중년 이전의 글보다 만년의 글에서 더 치유를 받고 평화를 얻는다. 만년의 글이 치열하지 않아서가 아니다. 나이 들어서도 그 자유로움, 그 성실함, 그 따뜻함이 변하지 않아서이다. 아니 한층 더 깊어졌기 때문이다. 나의 경우, 연암의 중년 이후의 글을 읽으면 한층 더 마음이 맑아지면서 생에 대한 용기가 생긴다.

2.

연암 박지원은 18세기 조선 최고의 글쟁이다. 젊은 시절 과거시험장에서 썼던 고체시가 기이하고 뛰어나 친구들이 외워서 전하곤 했다. 문장으로 이미 연암은 세상을 떠들썩하게 했다. 그러나 연암은 과거에 뜻을 두지 않았다. 과거시험을 치를 때마다 시험을 주관하는 자가 연암을 합격시키려고 했으나 연암은 이를 눈치

채고 어떤 때는 응시하지 않고, 어떤 때는 응시하되 답안지를 제출하지 않았다. 어떤 날은 과거시험장에서 고송과 괴석을 붓 가는 대로 그리고 나왔다. 33살 사마시(생원과 진사를 뽑는 과거시험. 소과小科라고도 한다)에 응시하여 장원을 했다. 임금이 답안지를 읽고 격려하는 바람에 명성이 높아져 주변 사람들이 회시(초시에 합격한 사람이 두번째 단계로 보는 과거시험)에 억지로 응시하게 했다. 35살 회시를 치르러 시험장에 들어갔으나 답안지를 내지 않고 나왔다. 연암의 장인 이보천도 이런 연암의 행동에 아낌없는 지지를 보냈다. "회시를 본다고 했을 때는 기쁘지 않았는데, 시험지를 내지 않았다는 얘기를 들으니 몹시 기쁘다".

우리로선 이해불가. 허나 연암은 과거시험을 안 보는 게 마음 편했다. 시험답안지에 고송과 괴석을 그리는 순간, 결정된 삶의 방식에서 자유로워진 것이다. 이것은 정해진 길을 따르지 않으리라는 선언이자 결단이었다. 죽어라 과거에 합격한 뒤 가는 길은 뻔했다. 권세와 지위에 굽신거리는 삶! 연암에게 과거급제란 요행수요, 재앙의 시작(!)이었다. 연암은 그렇게 주류적인 안온한 삶으로부터 스스로 벗어났다. 밀려난 게 아니라 스스로 제도적인 삶의 트랙에서 이탈해 버린 것이다. 과거제도를 희화화하고 과거제도에 한방 날림으로써 사회적 표상이나 제도에 끼워 맞추는 수동적이고 틀에 박힌 삶이 아니라 스스로 만들어가는 능동적이고 생동하는 삶으로 전환했다. 이후, 자식들이 장성했을 때 연암은 편지를 보내 부탁한다. 과거 공부에나 목숨을 거는 시시한 선비는 되지 말라고.

그 이후 연암이 선택한 길은 자유로운 우정의 연대였다. 제도의 구속에서 벗어나서 연암이 진력했던 작업은 친구와의 사귐이었다. 판에 박힌 과거용 문장, 즉 공령문(功令文) 짓기를 때려치우고 대신 많은 친구들과 고담준론을 즐기며 독창적인 글로써 소통했다. 이들은 열이면 열 누구나 똑같은 글쓰기를 답습하면서 누가 더 잘 베껴쓰고 형식에 딱 맞추었는가로 결정되는 출세길, 곧 앵무새처럼 살아가는 생활을 부정했다. 연암은 공감과 울림이 있는, 개성이 넘치고 소통이 가능한 친구들과 한 시대를 풍미했다.

1768년 32살의 박지원은 백탑(파고다공원의 원각사지 10층석탑) 근처로 이사한다. 이즈음 근처에 살고 있던 홍대용, 정철조, 서상수, 이덕무, 박제가, 백동수, 유득공, 이서구 등의 벗들을 만난다. 이덕무의 사립문이 백탑 북쪽에 마주 서 있고, 이서구의 사랑채가 서편에 있었으며, 수십 걸음 떨어진 곳에 서상수의 서재가 있었고 북동쪽으로 꺾어진 곳에 유금, 유득공의 집이 있었다.

연암에게 '벗은 제2의 나'였다. 서로가 서로에게 스승이면서 지기였던 '백탑의 청연(淸緣)'들은 연암이 제도 바깥에서, 주류의 외부에서 패기 넘치면서도 유쾌하게 살아갈 수 있게 한 에너지였다. 이들 대부분은 중앙권력과는 무관하게 살면서도 하고 싶은 것을 맘껏 펼치며 자신의 재주와 능력을 세상에 펼친 존재들이었다.

연암 스스로가 친구를 불러왔고, 연암의 글 또한 사람들을 불러들였다. 그러나 아직 연암의 시대라 말하기엔 미약했다. 40이 넘어서 연암은 사건이 되었다. 40이 채 되기도 전에 머리가 하얗게 된 연암, 일찍 늙어 버린 연암에게 기회가 온 것이다. 1780년, 연암 나이 44살. 삼종형 박명원이 건륭황제의 만수절(70세 생일 축하의식) 축하 사절단으로 중국에 가면서 연암을 비공식적인 수행원, 즉 자제군관으로 데려간다. 드디어 연암은 연경에 발을 디디게 됨으로써 친구들로부터 배운 북학과 실학의 실상을 몸소 체험할 기회를 얻게 된다.

그런데 연암보다 앞서 청나라에 다녀왔던 홍대용과 박제가에게도 오지 않은 행운이 연암에게 예고 없이 찾아든다. 만수절 사절단의 최종목적지가 연경이 아니라 청나라 황제의 피서지가 있는 열하로 변경된 것이다. 황제가 열하에서 사절단을 기다리고 있었기 때문이다. 이 덕에 연암은 열하를 밟는 역사적 순간을 맞이한다. 그리하여 조선 사행단 누구도, 조선 지식인 누구도 남길 수 없는 열하에 대한 유일한 기행문이 탄생할 수 있었다. 이렇게 모든 글쓰기의 실험대이자 사람들의 인식을 뒤집어 버린 책, 『열하일기』가 탄생한다. 세계 최고의 여행기, 『열하일기』는 18세기 지식인들을 열광에 빠뜨릴 정도로 파격적이고 재미있는 책이었다. 마침내 연암과 『열하일기』는 화제의 중심이요, 논란의 중심이자, 18세기의 사건 자체가 되었다.

3.

연암 박지원은 20대, 30대, 40대를 이렇게 찬란하고도 노느라 바쁜(?) 백수로 보냈다. 아마도 연암을 잘 아는 사람들은 여기까지의 연암에 익숙할 것이다. 나도 그랬다. 과감하게 제도권에서 탈주하여 창의적이고 경쾌하며 유머러스한 글쓰기로 세상의 모든 권위에 도전했던 문장가! 내 머릿속에 각인된 연암은 늘 이런 모습이었다. 나야말로 연암의 문집을 다 읽고서야, 연암에 대한 정보를 다시 입력할 필요가 있었다. 연암의 만년을 몰라도 너무 몰랐던 것이다. 『열하일기』로 세상을 떠들썩하게 한 이후, 연암이 어떻게 살았고 어떤 글을 썼는지 『연암집』을 통독한 뒤에야 알게 된 것이다. 새삼 확인한 바, 연암의 중년 이후의 삶과 글 또한 새로웠고 특별했다. 진부한 표현이지만, 놀라움과 감동 그 자체가 아닐 수 없었다.

50세 이후, 연암은 백수 생활을 청산한다. 연암은 1786년 음보(蔭補: 조상의 음덕으로 벼슬에 오름)로 선공감 감역에 임명되어, 나이 쉰에 벼슬길에 나아간다. 그의 벗 이조판서 유언호가 연암을 천거한 덕분이다. 1789년 평시서 주부, 1790년 의금부 도사, 제릉령을 거쳐 1791년 한성부판관에 오른다. 1791년 음력 12월 연암은 경상도 안의 현감에 임명되어, 1792년 정월 부임하여 1796년 음력 3월까지 5년간 인구 5천여 호의 현감으로 재직한다. 1796년 제용감 주부, 의금부 도사, 의릉영을 거쳐 1797년 7월, 환갑이 지난 나이에 충청도 면천 군수로 나가게 된다. 1800년 8월 강원도 양양 부사로 승진한다. 신흥사의 중들을 징계하려고 했는데, 강원 감사의 미온적인 처리 때문에 부임한 지 1년도 채 안 되어 병을 핑계로 사직하고 만다.

연암이 창조력의 원천인 백수 생활을 마감하다니, 이건 변절 아닌가? 선비가 지조를 어디다 팔아먹은 것인가? 혹여 이렇게 생각한다면, 걱정은 붙들어 두시라. 먹고살기가 힘들었던 연암은 부득이 벼슬에 몸담지만, 기개와 자유로움을 잃은 적이 없다. 연암은 놀라울 정도로 원칙을 고수하면서, 또 상상할 수 없을 정도로 융통성을 발휘했다. 특히 수령 시절의 활약은 남달랐다. 다산 정약용에게 『목민심서』라는 책이 있다면, 연암 박지원에게는 목민관으로서의 체험기가 그에 필적한다.

연암은 늘 선비는 독서하는 자라고 말했다. 선비는 지위로는 농민이나 공장이와 같은 평민이지만, 덕으로는 왕이나 공경대부들의 스승이 될 수 있는 존재다. 왜냐? 독서를 하기 때문이다. 선비 한 사람이 글을 읽으면 그 혜택이 사해에 미치며 그 공은 만세에 전해진다고, 연암은 확신했다. 말하자면, 독서로 갈고 닦는 선비는 천하도 경륜할 수 있다는 것이다. 그러니 독서하지 않는 자는 선비가 아니다. 백수 시절, 문장으로 실력 발휘를 했기 때문에 연암이 천하 경륜을 이야기할 때는 큰소리만 치는 게 아닌가, 아주 조금 의구심이 일었던 적이 있다. 그의 글은 훌륭하고 독창적이고 멋있지만, 실제 관리로 일할 때도 말이나 글만큼 훌륭하고 독창적이고 멋질 수 있을까 하는 의심이 없을 수 없던 것이다.

그런데 연암의 말은 과장이나 흰소리가 아니었다. 수령 생활을 할 때 썼던 공문서, 편지 등의 글들이 연암의 말이 사실임을 증명하고 있었다. 원칙을 지키면서 원칙에 매이지 않는 넉넉하고 너그러운 연암의 일 처리는, 연암을 다시 보게 만들었다. 연암은 생계 때문에 벼슬했지만, 그가 공무를 처리하는 방식을 보면 '의무'를 넘어선 자발적 활동이었다. 기계적으로 업무를 처리하는 게 아니라 생동감 넘치고 즐거움 넘치게 일을 해나갔다. 해야 할 일, 하고 싶은 일을 조금의 거짓도 없이 조금의 욕심도 없이 '성의'를 다해 처리했다. 직위가 높았기 때문이 아니다. 어떻게든 돈이나 벌어 떠나는 자리라고 알려진, 한미한 작은 고을의 수령직을 전전했음에도 연암은 한결같았다.

연암은 공무에 바쁜 중에도 글쓰기를 쉬지 않았다. 물론 독서도 쉬지 않았다. 심지어 공문서에서도 유감없이 문장력을 발휘했다. 읽고 싶게 만드는 공문서! 이것만으로도 연암의 글을 낭송할 충분한 이유가 된다. 탁월한 문장 실력 때문에 연암은 면천 군수 시절, 충청 감사의 총애를 받았지만, 사직서를 제출하고 만다. 자기 편으로 끌어들이려는 감사의 편애와 꼼수를 견딜 수 없었기 때문이다. 구속받기 싫어하고, 아첨을 견딜 수 없었던 성정의 소유자 연암은 수령을 하면서도 마음은 백수처럼 자유로웠던 것이다. 그런 까닭에 이 수령 생활 중에 쓴 글도 어김없이 유머러스하고 경쾌하다. 심각한 이야기를 해도 무겁지 않고, 권위적이지 않았다. 어떻게 이런 일이 가능한지 경탄할 뿐이다. 믿을 수 없다면, 읽고 확인하시라.

백수일 때도, 수령일 때도 연암은 세상에 대한 공감 능력을 잃지 않았다. 백성들의 상황을 날카롭게 관찰하고 따뜻하게 보듬었다. 젖먹이 어미의 마음으로 백성들의 삶을 알아차리고 어루만졌다. 노비, 자살한 처녀, 과부 등 모든 이들의 아픔과 억울함에 공명했다. 이런 공감 능력은 살인 사건을 해결하는 데 유감없이 발휘되었다. 연암이 옥사에 관련된 사건을 해결할 때 보면, 셜록 홈즈 못지 않은 추리 실력을 보여 준다. 연암을 단순한 책상물림으로 보는 우리의 시각을 교정해야 한다. 독서를 한다는 건, 이렇게 현실적인 일임을 연암이 웅변한다. 왜 책을 읽는가에 대한 답을 만년의 연암이 삶과 글로 이야기한다. 또한 쉰 살 이후 어떻게 살까를 연암이 보여 준다. 일을 하든, 백수로 살든 연암처럼만 살 수 있다면! 그게 나의 목표다.

4.

이 책은 쉰 살 이후에 쓰여진 연암의 글을 중심으로 구성했다. 주로 수령 시절의 글을 모았다. 연암의 글들 중에 상대적으로 덜 알려진 데다, 너무나 훌륭하기 때문이다. 또한 이 시절의 글을 읽으면 특별히 더 내 영혼이 맑디맑아지는 느낌이 든다. 널리 읽혔으면 하는 마음이다.

연암의 글을 읽어야 하는 이유를 잘 말하기엔 내 표현력이 너무 부족하다. 그래서 연암의 후배 홍길주(1786~1841)라는 문장가가 쓴 글로 대신한다. 연암을 읽는 이유에 대해 홍길주는 이렇게 썼다.

> 혹 열흘이나 달포 남짓 거울을 보지 않다 보니, 젊었을 때의 얼굴을 지금은 이미 잊어버렸다. 같은 마을에 친구가 있었는데, 몇 년 동안이나 얼굴을 모른 채 지내다가 떠나 보냈다면 한이 되기 마련이다. 나와 나의 가까움을 어찌 같은 마을에 사는 사람에 비하겠는가? 그런데도 나는 지금 젊었을 때의 얼굴을 모

르는 것을 한으로 여기지 않으니, 어째서인가?

천 년 전에 어떤 사람이 있었는데, 그의 도덕은 배울 만하고 그의 문장은 본받을 만하다면 나는 시대가 같지 않음을 한스러워할 것이다. 백 년 전에 어떤 사람이 있었는데, 뜻과 기상과 말과 의론이 볼 만하다면 나는 시대가 같지 않음을 한스러워할 것이다. 수십 년 전에 어떤 사람(연암 박지원)이 있었는데, 기상이 천지를 가로지를 만하고, 재주는 천고를 뛰어넘을 만하며, 문장은 수많은 것을 전도시킬 만하였다. 그는 세상에 살아 있었고 나도 이미 세상일에 통달하였지만 미처 보지 못했고, 아직 함께 말해 보지 못했다. 그런데도 나는 한으로 여기지 않았다. 어째서인가? 나는 이미 수십 년 전의 나도 알지 못하게 되었는데, 하물며 수십 년 전의 다른 사람이겠는가?

지금 나는 거울을 가져다가 지금의 나를 비춰 보고, 책을 열어 그분의 글을 읽어 본다. 그분의 문장이 바로 지금의 내가 된다. 내일 또 거울을 가져다가 비춰 보고 그분의 책을 펼쳐 읽어 보면, 그분의 문장이 곧 내일의 내가 될 것이다. 내년에 또 거울을 가져다가 비춰 보고 그분의 책을 펼쳐 읽어 보면, 그분의 문장이 바로 내년의 내가 될 것이다. 나의 얼굴은 늙어 가면서 더욱더 변할 것이고 변하면서 옛 모습을 잃어버릴 테지만, 그분의 문장은 변하지 않을 것이다. 그러나 읽으면 읽을수록 더

더욱 기이해지고, 내 얼굴을 따라 닮아갈 것이다.(홍길주 지음, 「또 다른 나, 연암 박지원」, 이홍식 옮김, 『상상의 정원』, 태학사, 2008, 108~111쪽)

번역을 할 때 참고한 책은 다음과 같다. 『연암집』 상·중·하(박지원 지음, 신호열·김명호 옮김, 돌베개, 2007), 『고추장 작은 단지를 보내니』(박지원 지음, 박희병 옮김, 돌베개, 2005). 원문은 고전번역원 DB를 참고했다.

『낭송 연암집』을 내겠다고 약속한 시간이 너무 지나 버려, 북드라망의 김현경 대표는 속이 속이 아닐 것이다. 한문을 하나하나 뜯어보는 일이 어떨 때는 염증 나서 밀어내는 일이 많았다. 번역한 글을 읽을 때는 즐거운데 내가 하려니 귀찮은 마음에 자꾸 미루고 있었다. 나이 들어 근기가 더욱 딸려서 그런다고 애써 변명해 보지만, 변명이 구차하다. 차라리 입을 다무는 게 욕 덜 먹는 일이다. 그래도 욕 먹고 싶은가 보다. 구구한 변명을 그치지 못하니. 그저 견뎌 준 김현경 대표에게 무한한 감사 인사를 보낸다.

2020년 10월 31일

사이재에서 길진숙

1부

선비란 글을 읽는 사람이다!

1-1. 우리는 본래 선비로소이다

1)

무릇 선비[士]는 아래로 농부나 공장이와 신분이 같지만, 위로 왕공(王公)과는 벗이 된다. 지위로 보자면 특별하지 않지만, 덕으로 보자면 언제나 섬김을 받는다. 선비 한 사람이 글을 읽으면 그 혜택이 온 세상에 미치고 그 공로가 만세에 전해진다. 『주역』에서 말하기를 "드러난 용이 밭에 있으니 온 천하가 빛나고 밝다"고 했다. 바로 글 읽는 선비를 일컬은 것이다.

그러므로 천자는 '본래 선비'[原士]이다. 본래 선비란 이 세상 모든 사람들의 근원이다. 그러므로 작위로 말하면 천자지만 신분으로 말하면 선비다. 작위에는 높고 낮음이 있지만 신분은 변화하는 것이 아니며, 작위에는 귀하고 천함이 있지만 선비는 바뀌고 옮겨지는 것이 아니다. 그러므로 작위가 선비에게 더해지는 것이지, 선비가 위치를 이동하여 어떤 작위에 이르는 것은 아니다. _「원사」, 『연암집』 제10권

2)

대부를 사대부(士大夫)라 이르는 것은 존귀하기 때문이요, 군자를 사군자(士君子)라 이르는 것은 어질기 때문이요, 군졸을 사(士)라 말하는 것은 많기 때문이니, 이는 모든 사람이 선비[士]임을 밝히는 것이다. 법을 집행하는 관리를 사(士)라 하는 것은 혼자 결단하기 때문이니, 이는 천하에 공정함을 드러내려는 뜻이다. _「원사」, 『연암집』 제10권

1-2. 선비란 글 읽는 사람

1)

효제(孝悌)란 선비의 근간이요, 선비란 사람의 근간이며, 본래의 바름[雅]은 온갖 행위의 근간이다. 천자도 자신의 본래 바름을 밝히는데 하물며 원래의 자리를 지키는 선비는 어떠하겠는가?

아! 요순은 효제를 실천한 본래의 바른 선비요, 공자와 맹자는 옛날의 글 잘 읽은 선비로다. 누군들 선비가 아니리오마는 본래의 바름을 지키는 선비는 드물고, 누군들 글을 읽지 않겠는가마는 잘 읽는 선비는 드물다.

이른바 글을 잘 읽는다는 것은 낭송을 잘한다는 말도 아니요, 구두(句讀)를 잘 떼어 읽는다는 말도 아니며, 그 뜻을 잘 이해한다는 말도 아니요, 설명을 잘한다는 말도 아니다. _「원사」, 『연암집』 제10권

2)

효제충신(孝悌忠信)을 갖추었다 할지라도 글을 읽지 않으면 모두

사사로운 지식을 천착하는 데 이르고, 권략(權略)과 경륜(經綸)을 펼칠 방법이 있다 할지라도 글을 읽지 않으면 모두 주먹구구로 맞힌 것이니, 이는 내가 말한 바 '본래의 바름을 지키는 선비'[雅士]의 행위가 아니다. 본래의 바름을 지키는 선비란, 뜻은 갓난아이 같고 모습은 처녀 같으며 일 년 내내 문을 닫아걸고 글을 읽는 존재다. 갓난아이는 연약할지라도 자신이 바라는 것에 전념하고 처녀는 서투를지라도 자신이 지켜야 할 것에 굳건하니, 우러러 하늘에 부끄럽지 않고 구부려 사람에게 부끄럽지 않은 바는 오직 문 닫아걸고 글 읽는 일이로다! _「원사」, 『연암집』 제10권

3)

어떤 사람이 이렇게 물으면 나는 이렇게 답하리라.

"안회(顏回)는 쌀독이 자주 비어 굶주리면서도 도를 즐거워하는 마음을 바꾸지 않았다고 합니다. 아버지 안로(顏路)가 굶주리는데도 변함없이 도를 즐거워했을까요?"

"쌀을 짊어질 수 있다면 백 리도 멀다 하지 않고 구해 와서 아내로 하여금 밥을 지어 올리게 했을 것이다. 그런 뒤 마루에 올라 글을 읽었으리라." _「원사」, 『연암집』 제10권

1-3. 왜 글을 읽는가?

1)

대저 글을 읽는 것은 장차 무엇을 위한 것인가? 글 쓰는 기술을 늘리기 위함인가? 널리 글 잘 짓는다는 칭송을 받기 위함인가? 학문을 닦고[講學] 도(道)를 탐구하기! 이것만이 글을 읽는 사업이다. 효제(孝悌)와 충신(忠信)은 강학(講學)의 바탕이요, 예악(禮樂)과 형정(刑政)은 강학의 작용이니, 글을 읽으면서도 그 바탕과 작용을 알지 못한다면 강학하는 것이 아니다. 강학을 귀히 여기는 이유는 그 바탕과 작용 때문이다.

만약 고상하게 성(性)과 명(命)을 토론하고, 심하게 이(理)와 기(氣)를 따져 변론하면서 각자 자기 견해만 주장하여 힘써 한 가지 결론에 이르게 한다면, 토론하고 변론하는 사이에 혈기(血氣)가 치솟게 되어 이(理)와 기(氣)를 겨우 분별하는 즈음에 본성[性]과 감정[情]이 먼저 어그러질 것이다. 이는 강학이 해를 끼친 것이다. _「원사」(原士), 『연암집』 제10권

2)

글을 읽어서 써먹기를 구하는 것은 모두 사사로운 욕심이다. 일 년 내내 글을 읽어도 학업에 진전이 없는 것은 사사로운 욕심이 해를 끼쳤기 때문이다.

백가(百家)를 넘나들고 경전(經傳)을 고구하여 그 배운 바를 시험하고자 하며, 공명과 이득 얻기에 급급하여 그 사사로운 욕심을 이기지 못하는 것은 글 읽기가 해를 끼쳤기 때문이다. _「원사」, 『연암집』 제10권

3)

천착(穿鑿: 어떤 사항에 강박적으로 파고들어 이치에 맞지 않는 억지 주장을 펴는 것)하는 것을 미워하는 이유는 그 속에 사사로운 욕심이 작용하기 때문이다. 천착에 정신이 팔렸을 때는 경전(經傳)을 증거로 삼지 않는 경우가 없고, 천착하다 막히면 또 경전으로 반증하지 않는 경우가 없다. 반증하기를 그만두지 않다가 결국에는 제 뜻대로 경문(經文)을 고치고 제 뜻대로 주석을 바꾼 뒤에야 흡족해 한다. _원사, 『연암집』 제10권

4)

덕보(德保) 홍대용(洪大容)이 말했다.

"구차하게 동의하는 것은 아첨이요, 억지로 다른 견해를 내는 것은 해치는 것이다." _「원사」, 『연암집』 제10권

5)

대개 성인의 글을 읽어도 능히 성인의 고심(苦心)을 깨닫는 사람은 드물다.

주자(朱子)가 말했다.

"중니(仲尼)가 어찌 지극히 공정하며 지극히 정성스럽지 않았겠으며, 맹자(孟子)가 어찌 주먹을 억세게 휘두르고 크게 발길질하지 않았겠는가?"

주자와 같은 이는 성인의 고심을 깨달았다고 일컬을 만하다. _「원사」, 『연암집』 제10권

6)

군자가 죽을 때까지 하루라도 폐해서는 안 되는 것은 오직 글 읽는 일이로다!

선비가 하루만 글을 읽지 않으면 얼굴이 단정하지 못하고, 말씨가 단아하지 못하며, 비틀비틀 몸을 가누지 못하고, 두려워 떨며 마음을 놓지 못한다. 장기 두고 바둑 두고 술 마시는 일이 처음에 어찌 즐거워서 한 것이겠는가? _「원사」, 『연암집』 제10권

7)

군자의 아름다운 말에도 혹 뉘우칠 말이 없을 수 없고, 착한 행실 속에도 혹 허물이 없을 수 없다. 그러나 글 읽기에 있어서는 일 년 내내 읽어도 뉘우칠 말이 없으며, 백 사람이 따라 행해도 허물이 없다. _「원사」, 『연암집』 제10권

8)

명분과 법률이 좋아도 오래되면 폐단이 생기고, 쇠고기 돼지고기가 맛있어도 많이 먹으면 해가 된다. 많으면 많을수록 유익하고 오래되면 오래될수록 폐단이 없는 것은 오직 글 읽는 일뿐이로다. _「원사」, 『연암집』 제10권

9)

어린아이가 글을 읽으면 요망해지지 않고, 늙은이가 글을 읽으면 노망나지 않는다. 귀한 자가 글을 읽으면 분수에 넘치지 않고, 천한 자가 글을 읽으면 어그러지지 않는다. 뛰어난 자가 글을 읽는다고 남아돌지 않고, 모자란 자가 글을 읽는다고 도움이 안 되는 것은 아니다. 나는 집이 가난한 사람이 글 읽기를 좋아한다는 말은 들었어도, 집이 부유한 사람이 글 읽기를 좋아한다는 말은 들어 보지 못했다. _「원사」, 『연암집』 제10권

10)

온 천하 사람들로 하여금 편안히 앉아 글을 읽도록 한다면 천하가 무사하리라. _「원사」, 『연암집』 제10권

1-4. 책을 대하는 올바른 자세

1)

책을 마주하면 하품하지 말고, 책을 마주하면 기지개 켜지 말며, 책을 마주하면 침을 튀기지 말라. 만약 재채기하거나 기침이 나면 고개를 돌려 책을 피해야 한다. 책장을 넘길 때 손가락에 침 묻히지 말며, 책에 표시할 때는 손톱자국을 내지 말아야 한다. _「원사」, 『연암집』 제10권

2)

책을 베개 삼아 베지 말고, 책으로 그릇을 덮지 말며, 책 권수의 차례를 어지럽히지 말아야 한다. 먼지를 털고 좀벌레를 없애며, 해가 쨍한 날 책을 펴서 말려야 한다. 다른 사람의 책을 빌려 볼 경우 잘못 쓴 글자를 살펴 교정해서 쪽지를 붙여 두고, 종이가 찢어진 부분이 있으면 붙여서 이어 주며, 책을 묶은 실이 끊어졌으면 꿰매어 돌려주어야 한다. _「원사」, 『연암집』 제10권

3)

닭이 울면 일어나서 눈을 감고 꿇어앉아 전날 외운 것을 복습하며 가만히 되새겨 보아야 한다. 그 뜻이 풀리지 않는 곳은 없는가? 그 이치가 통하지 않는 곳은 없는가? 글자를 잘못 알고 있는 것은 없는가? 마음속으로 검증하고 몸으로 체득하여 스스로 깨달은 것이 있으면 기뻐하며 잊지 말아야 한다. _「원사」, 『연암집』 제10권

4)

일어나 등에 불을 켜고 옷을 갖춰 입은 뒤 엄숙하고 공경하는 마음으로 책상 앞에 앉는다. 곧이어 새로운 책을 정하여 소리내지 말고 찬찬히 음미하되 몇 줄씩 단락을 끊어서 읽는다. 몇 번 읽었는지 횟수 기록하는 것을 그만두고, 찬찬히 훈고(訓詁)를 따져 보고 자세히 주소(註疏)를 검토하여 그 같고 다름을 변별하고, 그 음과 뜻을 깨우친다. 편안한 마음으로 여유롭게 생각하여 제멋대로 천착하지 말고 억지로 의심하지 말라. 이해되지 않는 부분이 있으면 반복해서 탐구하여 모른 채 넘어가지 말라. _「원사」, 『연암집』 제10권

5)

동이 트면 세수와 양치질을 하고 곧바로 부모님의 침소에 이르러

문밖에서 기다리다가 기침 소리가 들리거나 가래침 뱉고 하품하는 소리가 들리면 들어가서 문안 인사를 드린다. 부모님과 이야기를 나누다가 어떤 일을 시키는 경우, 바빠 제 방으로 돌아가서도 안 되고 글을 읽는다며 거부해서도 안 된다. 부모님께 이렇게 하는 것이 바로 글 읽는 일이다. 간혹 글 읽기에 힘쓴다고 하면서 아침 저녁으로 부모의 안부도 살피지 않고, 때 묻은 얼굴과 헝클어진 머리로 지내는 경우는 글을 읽는 것이 아니다. _「원사」, 『연암집』 제10권

6)

부모의 명을 들으면 머뭇거리지 않고 실행할 것을 생각하고, 친구와 더불어 약속을 하면 기한을 넘기지 않고 지킬 것을 생각한다. 이와 같이 하는 것이 글 읽는 방법이다. _「원사」, 『연암집』 제10권

1-5. 어버이 상을 치를 때, 더더욱 공부하라!

1)

근래 친상(親喪)에 제사를 받들며 기력이 어떠신가? 이 몸은 병이 더욱 심해져 거동을 기약할 수가 없네. 자네나 나나 빠른 시일 안에 얼굴 마주하기는 어려울 듯하네. 삼가 알려주고 싶은 것이 한두 가지가 아니나 전달할 방법이 없네그려. 지금 자네가 약관(弱冠)의 나이로 상을 당하여, 힘을 보태 줄 다른 벗도 없고 또 아주 가까운 친척도 없으니, 매번 생각할 때마다 몹시 걱정이 되네. 교분을 맺어 이미 의기투합하였고, 외람되이 내가 나이도 더 들었으니, 작은 깨달음이나마 알려 줄 사람은 마땅히 나 말고는 없는 것 같으이. 그리하여 떠오르는 대로 적어 보내니, 이 모든 것을 양해 바라네.

자네는 타고난 재능에, 온화하고 공손하며 부드럽고 차분한 성품을 갖추었으며, 총명하고 세심하며 신중한 자질을 겸비하였고, 더하여 나이도 젊고 기운도 왕성하네. 그러니 어찌 문사(文詞)

와 같은 말단에 마음과 힘을 다 소모하며 실질이 없는 공부에 시간을 허비하겠는가. '독서궁리'(讀書窮理) 네 글자는 늙은 서생(書生)의 케케묵은 말이요, 다른 사람을 권면하는 의례적인 말일 수 있네. 그렇지만 대체로 보아 지금 당장 실질에 공력을 모으고 본령(本領)의 경지를 깊이 연구한다면 저절로 마음이 안정되고 기력이 회복될 걸세. 인(仁)에 정통하고 의(義)에 능숙하게 되는 것은 잠깐 사이에 이뤄지는 일이 아닐세. 신중하게 사려하고 명백하게 변별하는 일도 차례에 따라 공부하다 보면 자연스럽게 이른다네. 효과와 득실을 먼저 논할 수는 없으나 심신을 다스리며 집안의 법도를 온전히 하는데, '독서궁리' 이 네 글자가 중대한 실마리가 되지 않는다고 장담할 수는 없다네.

나는 평소 문장을 공부할 때 '비평소품'(批評小品) 보기를 좋아하였네. 열심히 찾아낸 것은 오묘한 지혜의 깨달음이요, 깊이 음미한 것은 예리하고 콕콕 찌르는 말들인데, 이와 같은 것들은 젊은 시절 한때의 취향으로 나이가 들면 저절로 사라지므로 심각하게 말할 거리는 아니라네.

그렇지만 대체로 이런 문체는 전혀 법식이 없고 매우 고상하지 못한 것일세. 명나라 말의 문식(文飾)만 중시하고 실질(實質)은 소홀히 하는 시대에 오(吳)와 초(楚) 지역의 잔재주는 있으나 경박한 문사들이 기괴한 문장 짓기에 힘썼다네. 한 문단의 풍치(風

致)나 한 글자의 참신한 어휘가 없는 것은 아니지만, 메마르고 앙상하며 조잡하고 잘디잘아서 문장의 정기는 사라져 찾아볼 수 없다네. 예로부터 내려오는 오와 초 지역 촌뜨기들의 기괴하고 편벽된 흔적이요 거칠고 어지러운 말찌꺼기에 지나지 않으니, 어찌 힘을 다해 좇아갈 필요가 있겠는가.

2)

지금 자네는 혈기가 안정되지 않은 나이에 잇따라 상을 치렀네. 돌아보건대 한 몸 의탁하고 도움받을 데조차 없으니, 혈혈단신 외롭고 쓸쓸함에 천지가 텅 빈 것 같을 것일세. 애달프고 괴롭고 걱정스러움에 자네의 속마음이 과연 어떻겠는가. 이는 인간 세상의 더할 수 없이 궁핍한 사람이 된 것이요, 또한 일생 일대의 변화의 순간에 처해 있다고 할 것이네. 이렇게 되면 보통 사람은 혹 심기가 허약하여 놀라고 다치고 시름하고 쇠약해져 그 때문에 목숨을 잃는 자도 있다네. 혹은 상례를 치른 뒤 달관하여 마음을 비워 심령(心靈)이 확 트이는 사람도 있지. 이런 경우엔 백년 인생이 얼마 되지 않음을 알고 만사가 공(空)으로 돌아감을 슬퍼하여, 아까운 것도 없게 되고 자신도 단속하지 않아 그로 인해 타고난 심성을 잃어버리게 된다네. 혹 군자인 경우라면 예(禮)로써 자신을 지켜서 마음을 일깨우고 참을성을 길러 그동안 할 수 없었던 일을 더욱 많이 해내기도 한다네. 비유하자면 초목이 한겨울의 매서운 추위 속에서 더욱 굳세고 단단해지며, 바람과 서리가 사납게 몰아치는 즈음 열매를 거두는 이치와 같은 것이라네.

지금 자네는 나이가 약관에 지나지 않지만 뜻과 기개가 일찍부터 정해지고, 재능과 기예가 일찍부터 성숙했으니, 진실로 뜻을 굳게 세울 수 있을 것이네. 이런 가운데 조금씩 스스로 분발하여 매사를 모두 옛사람처럼 하기로 스스로 기약한다면, 어찌 역량이 크지 못할까를 걱정하고 재주가 미치지 못할까를 근심하겠는가.

3)

사람들은 살면서 매번 부모님을 모실 수 없게 된 뒤에야 옛일을 돌아보게 되니, 이런즉 자식 노릇을 했다고 할 수 있는 이가 거의 없을 것이네. 이야말로 무엇보다 더 뼈가 저리고 심장이 찔리는 듯 아픈 일이라네. 상복을 입고 제사 드리며 부모님을 추념하는 일이 단지 궤연(几筵: 죽은 사람의 영궤와 혼백·신주를 모셔 놓은 자리)을 진설하고 제물을 받드는 데에만 있는 것은 아니네. 부모님에 대한 자네의 다함 없는 그리움은 생각할수록 끝이 없을 것일세. 내 경우를 떠올려 보면, 여막을 지키면서 질병에 시달리느라 으레 지켜야 하는 예절조차 모두 폐하고 말았네. 지금까지도 부끄럽고 송구하여 온몸이 끓고 뼛속까지 후끈거린다네. 뒤늦게 뉘우친 사람으로 자네에게 말하는 바이네.

옛사람들이 거상(居喪)할 때 읽는 책은 오직 예서(禮書)뿐, 평소에 등한시하고 당장에 필요치 않은 책은 덮어 두고 보지 않았네. 이것은 온 마음으로 슬퍼하고 아파하며 잠깐이라도 잊어버리지 않도록 하기 위해서라네. 그러나 옛 성인의 경전(經傳)에 대해서는, 어찌 한순간인들 폐한 적이 있겠는가.

『가례』(家禮)는 주자(朱子)가 완성하지 못한 책이지만 먼저 면밀히 살펴봐야만 하네. 무릇 상을 치르고 제사를 받들어야 할 때, 그 차례와 절목(節目)을 절충하여 취할 수 있네.

어찌 꼭 『예기』(禮記)를 읽은 뒤에야 예를 안다고 하겠는가. 자네는 이미 대인(大人)의 학문에 들어섰으니 『소학』(小學)을 힘써 공부할 필요는 없지만, 옛사람 중에는 늙어서도 스스로를 '소학동자'(小學童子)라 일컬은 이가 있다네. 학문에는 차례가 있으니 함부로 등급을 어지럽히거나 뛰어넘어서는 안 되네. 공부하는 즉시 먼저 『소학』으로 기초를 세우면, 학문의 경로가 바르게 될 걸세. _「어떤 이에게 보냄」(與人), 『연암집』 제3권

1-6. 샛길로 가는 것은 사심(私心)이 앞섰기 때문이다!

1)

지난번에 자네(임형오任亨五)는 노생(盧生)과 '원도(原道)편'을 토론하다 그 학설을 이해할 수 없자 나에게 와서 도(道)에 이르는 방법을 물었네. 나에게 답을 구하여, 노생에게 답하려는 것이었지. 나 또한 진실로 자네에게 대답할 수가 없었네. 속담으로 말하자면 '한 외양간에 암소 두 마리'뿐인데, '뿔 없는 숫양을 내놓으라'*는 격에 거의 가깝지 않은가? 나는 며칠을 헤매다가 겨우 『맹자』「고자 하」(告子 下) 편에서 한 말씀을 찾아냈네.

* '한 외양간에 암소 두 마리'는 같은 것끼리만 있어서는 서로 도움이 될 수 없다는 말. '뿔 없는 숫양을 내놓으라'는 『시경』「소아」(小雅) '빈지초연'에 "취중에 헛말 한 자 뿔 없는 숫양 내놓게 하리"(有醉之言 俾出童羖)라는 구절에서 인용한 것이다. 숫양은 모두 뿔이 있으므로, 뿔 없는 숫양은 구할 수 없는 물건을 의미한다. 이 시는 술에 취하는 것을 경계하기 위해 구할 수 없는 물건을 벌로 내놓으라고 한 것이다. 연암은, 도를 모르면서 도를 찾는 자신과 임형오의 상황을 '암소 두 마리만 있는 외양간에서 뿔 없는 숫양을 찾는 식'이라고 빗대어 우습게 표현한 것이다.

"도란 큰길과 같으니 어찌 알기 어렵겠는가?"

마침내 이로써 '원도편'의 뜻을 확충하여 자세히 설명하고 문답을 가정(假定)하여 만들었네. 고명(高明: 임형오) 자네가 어찌 생각할지 모르겠네그려.

2)

내 시험 삼아 물어보겠네.

"자네는 외출할 때 갓을 바르게 쓰고 옷을 단정히 갖춰 입고 허리띠를 매고 신발끈을 동여맨 뒤에 대문을 나서겠지. 이 중 하나라도 갖추어지지 않으면 틀림없이 대문을 나서지 않을 테지. 또 자네는 길로 나아갈 때 반드시 치우치고 기울어진 곳은 버려두고, 험하고 막힌 곳은 피하여 여러 사람들이 모두 다니는 곳을 따라갔을 것이네. 이와 같은 것이 이른바 '알기 어렵지 않다'는 말일세. 그러나 어떤 사람이 가시밭길을 헤치고 논두렁 밭두둑을 통과하다가 갓은 걸리고 신발은 찢기며 엎어지고 고꾸라지며 헐떡이고 땀을 흘린다면 자네는 이런 사람을 어떻다 하겠는가?"

자네는 이렇게 답하겠지.

"이는 틀림없이 길을 잃은 사람입니다."

3)

내 또 묻겠네.

"걸어가는 것은 똑같은데, 어떤 사람은 바른길로 나아가고, 어떤 사람은 샛길을 찾아가는 것은 무엇 때문인가?"

자네는 이렇게 답할 걸세.

"이는 반드시 지름길을 좋아하여 빨리 가려고 하는 사람이거나, 험한 길을 가면서 요행을 바라는 사람임에 틀림없습니다. 그렇지 않다면 다른 사람이 가리켜 준 길을 잘못 알아들은 사람일 겁니다."

"그렇지 않네. 이는 길을 가다가 잘못 길을 잃은 게 아닐세. 대문을 나서기 전에 이미 사심(私心)이 앞섰던 것이라네."

4)

내 또 묻겠네.

"길이 진실로 저와 같이 중정(中正)하고 저와 같이 가기에 마땅하건만, 자네가 발걸음을 믿고 편안히 걷지 않는다면 길이 그런 줄을 어찌 스스로 알 수 있겠는가? 그렇다면 가기에 마땅하다는 사실을 아는 것은 길에 달려 있는가, 아니면 발에 달려 있는가?"

자네는 이렇게 답할 테지.

"진실로 아는 것은 마음에 달려 있고, 실제로 밟는 것은 발에 달려 있습니다."

그렇다면 자네의 발 쓰는 법을 내 알겠네. 발을 번갈아 들었다 밟았다 하는 것을 '보'(步)라 하고, 발을 한 번 옮겼다가 그다음 멈추는 것을 '행'(行)이라 하지. 내 모르겠네만, 디딘 발은 의지할 곳이 있지만 들어올린 발은 의지할 곳이 없지. 옮기는 발은 나아가지만 멈추는 발은 가지 못하네. 그렇다면 자네의 두 발이 한 번은 허망한 것이 되니, 참되게 아는 것과 실제로 밟는 것은 어디에 있단 말인가?

5)

내 또 모르겠네만, 자네는 올 때 왼발이 앞섰는가 오른발이 앞섰는가? 자네는 고개를 들어 생각해 보지만 고개를 숙이고는 대답하지 못할 걸세. 이는 발을 잊었기 때문이라네. 저절로 잊은 것이지 억지로 잊은 것은 아니요, 힘쓰지 않은 것이지 길을 벗어났기 때문은 아니라네.

어떤 사람이 삼가 자신을 반성하며 말했네.

"말과 소가 외양간에서 일어설 때 발굽이 둥근 말은 앞발을 먼저 세우고, 발굽이 둘로 갈라진 소는 뒷발을 먼저 세운다. 사람이 몸을 쓰는 데는 왼쪽보다 오른쪽이 편하다. 그렇다면 어찌하여 남자는 모든 것을 왼쪽으로 하고 여자는 오른쪽으로 해야만 하는가? 또한 어찌하여 길사에는 왼손을 위로 하고, 흉사에는 오른손을 위로 하여 절해야만 하는가?"

껍질을 막 깨고 나온 병아리도 솔개를 경계하여 숨고, 배고프면 우는 어린아이도 호랑이를 무서워하여 울음을 그치네. 내 모르겠네만, 무릇 이와 같은 행동은 본성[性]으로 터득한 것인가, 아니면 형체[形]가 생겨난 이후 터득한 것인가? 가령 자네가 걸어갈 때 발 내려놓는 일을 생각하여 걸음마다 안배한다면, 하루 종일 걷더라도 몇 리를 가지 못할 것이네. 그러므로 양지(良知 : 태어날 때부터 본래 아는 것)와 양능(良能 : 태어날 때부터 본래 할 수 있는 것)은 자연(自然 : 저절로 그렇게 되는 것)에 흡사하며, 가장 가까운 것이라 할 수 있지. 그러나 이는 뜻이 충실한가 하면 소략하고, 통하는가 하면 막혔으니, 도에 이르는 방법은 아닐세.

그렇다면 도(道)는 장차 어디에 있는가? 공(公)에 있네. 공(公)은 어디에 있는가? 공(空)에 있네. 공(空)은 어디에 있는가? 행(行)에 있네. 행(行)은 어디에 있는가? 지(至)에 있네. 지(至)는 어디에 있는가? 지(止)에 있네. 지(止)는 어디에 있는가? 평(平)에 있네. 평(平)은 어디에 있는가? 정(正)에 있네. 정(正)은 어디에 있는가? 중(中)에 있네. 중(中)은 어디에 있는가? 도(道)에 있네. 대개 근원은 하나이므로 공자는 '하나로써 꿰뚫는 것'[一以貫之]이 '우리의

도'[吾道]라고 했네. 자사(子思)가 그렇게 된 까닭을 다시 설명하기를 "분리될 수 있으면 도가 아니다"라고 했지. _「원도(原道)에 대해 임형오에게 답함」(答任亨五論原道書), 『연암집』 제2권

2부

연암의 목민심서(牧民心書)

2-1. 거취에 흔들리지 말고, 스스로 엄중하라!

1)

옛날에 사대부들은 내직(內職: 중앙관직)을 중시하고 외직(外職: 지방관직)을 가볍게 여겼다. 임금을 가까이에서 모시는 신하들은 조정에 있기 불편한 사정이 있거나 견책을 당해 특명에 의해 지방으로 보임되는 경우가 아니라면, 기꺼이 수령의 직무에 자기 몸을 얽어매려 하지 않았다. 자신의 재능과 지혜를 밝히기 부끄러워하되, 명예와 절조는 신중하게 지켜냈다. 대개 그 명망이 매우 높아서 스스로 처신하는 바가 뛰어나게 달랐다. 그러므로 명성이 클수록 관직은 더욱 맑았으며, 관직이 맑을수록 그 취하는 것은 더욱 청렴했다.

간혹 집이 가난하고 부모가 연로한 경우에는 관례적으로 고향에 수령직을 청할 수 있었다. 그렇지만 규모가 큰 고을은 비록 창고에 가득 찬 곡물을 차지할 수 있고 어업과 염전의 이익을 마음대로 할 수 있을지라도, 감히 실오라기 하나라도 자신을 기름

지게 하는 데 쓰지 않아 명예와 절조를 훼손하는 일이 없었다. 애초에 번화하고 비옥한 지역을 맡으려는 생각은 아예 없었고, 반드시 산수가 뛰어난 지역을 선택하였다. 산에 오르고 물가를 유람하는 즐거움과 한적하고 외딴 정취가 있는 곳이라면 기꺼이 잠깐의 휴식을 위해 지방관으로 나갈 따름이었다. 야생 닭과 석봉(石蜂: 돌틈에 사는 벌)이 있어 몸을 보양하기에 충분하고, 기생의 춤과 노래가 있어 혼자서도 즐거울 수 있었다. 날마다 나가 노닐며 잔치를 열고 사무는 꼼꼼히 챙기지 않았지만, 행동할 때는 위엄을 갖추고 신중했으며 벼슬자리의 거취에 대해서는 대수롭게 여기지 않았다.

그러므로 관찰사도 그를 매우 공경하고 조심스러워하여, 공문(公文)으로 보고하고 문서로 청하면 받아들이지 않는 경우가 없었다. 항상 암행어사가 곁에 와서 감시하는 듯 부지런히 정사를 돌봤으며, 삼가고 경계하여 스스로를 닦아 나갔다. 무관(武官)이나 음관(蔭官)으로 수령이 된 사람들은 그를 믿고 본받아 공을 이루고, 백성들은 그의 간략함을 사모하고, 아전들은 그의 청렴을 두려워했다. 실적을 평가할 때는 매번 여러 고을 중에서 가장 뛰어났으니, 유난히 위엄과 명망이 특별하고 명성과 위세가 대단해서 그런 것만은 아니었다. 청렴한 지조와 간략한 정사(政事)로 다스리는 체계와 이치가 제대로 갖춰져 조치를 번거롭게 시행하지 않아도 효과가 충실하게 드러났기 때문이다.

2)

근래 들어 명예롭게 여기는 벼슬자리가 없어지자, 사대부들은 날이 갈수록 나태하고 방자해져 명예를 소중히 여기지 않게 되니, 염치를 챙기고 사리를 따지는 마음 또한 나날이 무너지게 되었다. 이에 따라 스스로 처신하는 바도 여러 잡다한 벼슬아치들과 다름이 없게 되니, 전택(田宅)을 마련하고 재산을 늘리는 일 외에는 관심을 두지 않게 되었다.

재산을 늘리는 데에만 마음을 쓰게 되면서부터 비옥한 고을의 수령 자리가 하나 나오기만 하면, 수만 명이 눈을 부릅뜨고 달려들어 청탁이 어지럽게 쏟아진다. 세력이 강하고 민첩한 자가 아니면 한 번의 기회도 얻지 못하니, 그 자리를 얻기가 본디 그렇게 어려운 것이다. 이러므로 장부를 작성하며 업무를 보는 틈틈이 한 재산 챙기느라 여념이 없게 된다. 예전에 삼가 위엄을 갖추고 신중했던 자들도 애써 자신을 잊은 채 대체로 이런 일에 젖어든다. 이렇게 되면 관찰사나 절도사가 군무(軍務)나 이사(吏事: 관리의 사무)의 역할을 맡아 번번이 수령을 감찰하고 견책할 뿐만 아니라, 진영장(鎭營將: 조선시대 각 도의 지방 군대를 관할하기 위하여 설치한 진영의 정3품 당상직 장관)이나 방어사(防禦使: 조선시대

지방의 군사 요지에 파견한 관직)까지도 모두 상관(上官)의 위치에서 수령을 탄압하게 된다. 호령을 받들어 실행할 겨를도 없는데, 어찌 산에 오르거나 물가를 찾아가거나 유람하면서 잔치를 벌이는 즐거움을 누릴 수 있겠는가. 아! 내직이 경시되고 외직이 중시되면서 사대부들이 비로소 재능과 지혜를 운운하게 되었으니, 임금을 가까이에서 모시는 신하들이 진실로 휴식할 곳이 없게 되었도다.

3)

벗 서원덕(徐元德) 군이 홍문관 교리로서 은산의 수령으로 나가게 되었다. 떠나면서 나에게 한마디 말을 군이 요청하므로, '스스로 엄중하여 상관에게 굽히지 말 것'을 군이 권면하노라. 무릇 내직과 외직에 경중을 두어 차별하는 것은 또한 외물(外物)에 얽매이는 일이다. 군자가 처신함에 어찌 경중을 두어 차별하며, 지금과 옛날을 나누어 차이를 두는가. "군자는 밝은 때라 해서 신의와 절조를 과시하지 않고, 어두운 때라 해서 무너져 내리지 않는다"라고 하였다. '스스로 엄중하라'고 말한 것은 그 지체와 명망으로 위엄을 부리며 위세를 과시하라는 것이 아니요, '굽히지 말라'고 한 것은 '오만불손'하라는 말이 아니다. 검소하고 간략하며 청정하고 신중하면 백성은 편안하고 아전은 두려워할 것이다. 벼슬자리의 거취에 대해 대수롭지 않게 여긴다면 상관은 하기 어려운 일을 책임 지우지 않을 것이다. 이로부터 세상 사람들이 외직을 중시하는 이유가 재물이나 특혜 때문이 아니라, 서군(徐君)으로 인하여 청렴하고 명예로운 관직이 되었기 때문이라면, 은산은 진실로 다른 고을에 앞서서 모범을 보여 우뚝이 사방에서 우러러보는 곳이 될 것이다. 이와 같이 된다면 외직을 중시하는 데 대해 내가 또 무슨 유감이 있겠는가. _ 「은산의 수령으로 나가는 서원덕(徐元德)을 송별하는 서문」(送徐元德出宰殷山序), 『연암집』 제3권

2-2. 작은 고을의 수령이 된다는 것

낭천(狼川: 강원도 화천 지역의 옛 지명)은 고대의 맥국(貊國)으로, 땅은 외지고 백성은 가난하다. 벗 심백수(沈伯修) 군이 이곳에 수령으로 임명되었다. 포부도 당당히 좋은 날을 정하여 행장을 꾸려 가족을 이끌고 떠나려 하니, 흡사 뜻을 다 이룬 사람 같다.

심군은 겨우 약관일 때에 용모가 단정하고 자태가 수려하며, 학문이 출중하고 문장이 정미하며, 의론을 하면 바람이 이는 듯하고, 붓을 잡으면 나는 듯하여 명성과 칭송이 한 시대를 흔들었다. 그가 교유한 사람들은 모두 선배들로 나이 차이를 따지지 않았다. 조선왕조 건국 이래로 젊은 나이에 영달한 이들을 차례로 헤아려 봤을 때, 심군의 벼슬이 한음(漢陰) 이덕형(李德馨: 조선중기 예조참판 겸 예문관 대제학을 거쳐 한성부 판윤을 역임한 문신)과 문곡(文谷) 김수항(金壽恒: 조선후기 예조판서, 좌의정, 영의정을 역임한 문신)의 중간쯤에 이르리라 기대했었다.

임금께서 진사(進士)들을 불러 정시(庭試: 왕실의 경사가 있을 때 특별히 대궐 안에서 보던 과거시험)를 보일 적에 친히 시험지를 하사하셨다. 바로 그때 비가 내리자 선비들이 모두 앞다투어 시험지를 받아들고 비를 피하여 처마 아래로 들어갔으나, 심군은 공손히 두 손을 모으고 홀로 비를 맞으며 뜰 가운데 서 있었다. 임금께서 바라보고 기특하게 여겨 신하들을 돌아보며 "저기 홀로 서 있는 자가 누구인가?" 하고 물으시니, 측근 신하가 심군의 이름을 아뢰었다. 임금은 감탄하며 말씀하셨다.

"어찌하면 분주히 다투지 않고 홀로 이와 같이 하는 사람을 얻을 수 있겠는가?"

임금께서는 심군이 과거에 합격하기를 권면하며 장차 크게 쓰고자 하는 뜻을 매우 강하게 보이셨다. 심군 또한 임금의 뜻에 부응하여 발탁되었지만 공교롭게도 여러 차례 자리에서 쫓겨났다. 임금께서는 그의 이름을 들을 때마다 애석해마지 않으셨다.

심군은 오랫동안 과거 공부를 그만두고 글 읽는 일에 더욱 매진하여 문장 수준이 날로 높아졌다. 그렇지만 직급은 도리어 낭서(郎署)의 언저리에서 오르락내리락하였다. 지금의 그를 옛사람에 견주어 보면 문형(文衡: 대제학)을 맡고 정승에 임명될 나이이다. 그럼에도 불구하고 산간 벽지의 한 작은 고을의 현감 자리를 얻는 데 그쳤으니 이 어찌 운명이 아니겠는가.

심군을 송별하는 사람들은 입을 모아 심군이 뜻을 펴지 못했노라 일컫지만, 심군이라면 밤낮으로 장부와 문서를 정리하고, 부지런히 백성의 아픔을 진단하며, 청사(廳舍)는 어떻게 보수하고, 고을의 폐단은 어떻게 개혁할지 고민하여, 평생 뜻을 여기에 둔 사람처럼 실행할 것이다. 심군의 막힌 처지를 거론하며 몹시 슬퍼하던 사람들은 모두 무안해하면서 자신을 탓하기에 여념이 없을 것이다.

심군이야말로 진정 안으로 만족하여 바깥의 영달을 잊은 사람이 아니겠는가. 선비가 성공과 실패, 영예와 치욕의 경계에서 번번이 운명을 거론한다면 정말로 운명을 모르는 사람이 아니겠는가. 심군은 일찍이 밭을 팔아 책을 사서 몸소 만 권을 소장하고 날마다 설향루(雪香樓: 심백수의 서재 이름)에서 강독하였으니, 백성을 다스리는 방법은 완비했다고 할 것이다. 그러하니, 지금 작은 고을을 다스리매 무슨 어려움이 있겠는가. _「낭천(狼川) 수령으로 나가는 심백수(沈伯修)를 송별하는 서문」(送沈伯修出宰狼川序), 『연암집』 제3권

2-3. 비 맞은 도롱이를 잊지 마시오

1)

경상도 관찰사 겸 순찰사 사앙(士昻) 이태영(李泰永) 공이 관할 지역을 행차했다가 가야산으로 들어와 해인사에 묵기로 했다. 선산 부사 계량(季良) 이채(李采), 거창 현령 맹강(孟剛) 김유(金鍒) 및 지원(趾源)이 이공을 마중하기 위하여 절 아래 모이니 모두가 공의 동네친구들이다.

차례로 한 사람씩 배알하니 공은 각각 해당 고을의 한 해 농사와 백성의 어려움과 괴로움을 물은 뒤 일어나 평복으로 갈아입었다. 이어 촛불을 돋우고 술상을 차리게 하여 예의를 차리지 않고 즐거이 지난날을 이야기하였다. 공은 높고 큰 대장기(大將旗)로 일흔두 고을을 진두지휘하는 지위임에도 스스로 높고 큰 체를 하지 않았고, 한 자리에 있는 이들 또한 자신이 대령(大嶺: 조령) 저 너머 천 리 밖에 있다는 것을 자각하지 못했다. 아스라하기가 마치 나막신을 신고 평계(平溪: 종로구 평동과 냉천동 사이에 흐르던

냇물)와 반지(盤池 : 서대문 밖 반송방에 있던 큰 연못) 사이를 오가며 노닐었던 때와 같으니, 몹시 성대한 일이었다.

2)

다음 날 공이 운을 정해 각각 시 두 편씩을 짓게 하고, 지원에게 서문을 지으라 명하므로 지원은 공에게 이렇게 아뢰었다.

> 예전에 조남명(曺南冥)이 지리산으로 돌아가는 길에 보은에 있는 성대곡(成大谷)을 방문하였습니다. 이때 성동주(成東洲)가 보은의 원님으로 함께 자리하였는데, 남명과는 초면이었습니다. 남명이 동주를 놀리며 말했지요.
> "형은 내구관(耐久官 : 벼슬을 오래하는 관리)이라 불러도 되겠습니다그려."
> 이에 동주는 대곡을 가리키면서 웃으며 사과했습니다.
> "바로 이 늙은이가 붙잡아 이렇게 되었습니다. 그렇지만 금년 팔월 십오일에는 해인사에서 보름달을 기다릴 것입니다. 형은 오실 수 있겠습니까?"
> 남명은 가리라 약속하였지요. 기약한 날이 되자 남명은 소를 타고 해인사를 향해 가다가 중도에 큰비를 만나 간신히 앞 계곡을 건너 절 문에 들어서니 동주는 벌써 누각에 올라

막 도롱이를 벗고 있었습니다.

아! 이때 남명은 처사였고 동주는 이미 관직을 떠난 상태였으나 밤새도록 서로 주고받은 말이 민생의 고락(苦樂)을 떠나지 않았습니다. 해인사의 중들이 지금까지도 이 일을 서로 전해 산중의 고사(故事)가 되었습니다.

지원이 해마다 관찰사의 수레를 맞이하기 위해 이 절에 들고 난 이래 이미 세 번이나 관찰사가 바뀌었으니 나 또한 내구관이라 이를 만하다. 보름달을 기다려 만나자고 약속한 것도 아니건만 거센 바람, 쏟아지는 빗줄기도 감히 피하지 않고 참석하니, 매번 절 문을 들어서면 기약하지 않고 참석한 고을수령이 일고여덟은 되었다. 절집은 여관 같고, 승려는 기생 같으며, 잔치 자리에서 시를 지으라 재촉하는 모습은 도박판에서 돈 걸라고 재촉하는 것 같고, 잔치상은 구름같이 벌려 있고, 퉁소소리 북소리 떠들썩하게 울려퍼졌다. 단풍과 국화가 서로 비추고, 흐르는 물에 우뚝한 산 그야말로 경치가 빼어났지만, 민생의 고락을 해결하는 데 무슨 보탬이 되었겠는가.

매양 누각에 오를 적마다 삼가 저 멀리 옛날 어진 이의 비 맞은 도롱이를 떠올리지 않은 적이 없었다. 아울러 이를 기록하여 산사의 장고(掌故 : 예로부터 굳어져 전해지는 전례)가 되도록 준비하는 바이다.

을묘년(1795, 정조 19) 9월 20일 안의 현감 중미(仲美) 박지원이 서문을 쓰다. _「해인사에서 창수(唱酬)한 시의 서문」(海印寺唱酬詩序), 『연암집』 제1권

2-4. '돈 많이 버는' 좋은 태수를 바라지 마오

1)

지난 가을에 중존(仲存 : 박지원의 처남 이재성)이 그대의 편지를 소매 속에 넣고 와서 전해 주었습니다. 뒤이어 성위(聖緯: 이희경)가 와서 머물고 그 뒤에 또 오일(五一 : 윤인태)이 합류했습니다. 관아 서북쪽, 남쪽의 연못에 물은 맑고, 빙리(氷梨)와 화조(火棗)* 가 주렁주렁 뜰에 가득한데, 여기에 더해 동산에 가득한 고종시(高種枾 : 지리산 주변에서 생산되는 감)는 월중홍(越中紅 : 중국에서 건너온 홍시)에 못지않았습니다. 운사(雲社 : 박지원, 이희경, 윤인태가 만든 시주詩酒 모임의 이름)에서 밤낮으로 화제에 오른 이는 절반 이상이 송원(松園 : 이 편지의 수신인, 연암의 친구 김이도, 자는 계근季謹) 그대였소이다. 이때 한 글자의 답장도 써서 보내지 못했지만,

* '빙리'는 언 배, '화조'는 붉은 대추라는 뜻으로, 전설에 나오는 선과(仙果)를 일컫는다. 이것을 먹으면 하늘을 날 수 있다고 한다.

그대의 두 귀가 몹시 가려웠을 것은 상상하고도 남습니다.

이후 중존은 세밑이 가까워 떠나고, 성위는 춘시(春試: 봄철에 보는 과거)를 보기 위해 말을 몰아 돌아가 버렸습니다. 이제서야 갑자기 이 몸이 영남(嶺南: 조령 남쪽) 800리 밖에 있음을 실감하게 되었습니다그려. 어찌 슬프지 않겠습니까.

삼복더위가 혹심하지만 생활하고 벼슬살이하는 데 신령의 보살핌이 함께하리라 생각합니다. 그대의 사촌 형님 시가(時可: 김이중金履中)씨가 갑작스레 고인이 되셨다니 그 애통함이 어떻겠습니까. 이 와중에 원례(元禮: 한문홍韓文洪)의 부고가 또 이르렀습니다. 두 사람은 모두 나의 20대 시절의 친구로서 기개는 산악을 무너뜨릴 만하고 언변은 황하와 한수의 둑을 넘어뜨릴 만하여 천지간에 그토록 어려운 일을 겪는지 몰랐습니다. 신선이 되는 법을 배울 수도 있고, 장수가 될 수도 있고, 문장과 공적을 가까운 시일 안에 성취할 수도 있었을 텐데, 40년 세월을 통틀어 계산해 보면 황망히 평범한 벼슬아치 노릇만 하다, 겨우 조그만 집 하나 마련한 데 지나지 않았습니다. 인생 백 년이 갑작스럽기가 먼 길 떠나는 나그네와 같아서 가슴속에 붙잡아 둘 수는 없지만, 매양 한 번씩 생각날 때면 안타까움에 마음에서 잊히질 않습니다.

2)

오늘날의 수령된 자들은 판공비가 후한지 박한지를 기준으로 그 고을이 좋은지 나쁜지를 평가합니다. 하여, 산수의 빼어난 경치를 좋고 나쁜 기준으로 삼는다는 말은 듣지 못했습니다. 이른바 후하고 박하다는 기준이 도대체 어디에 있는 것입니까?

하루는 아들에게 말했습니다.

> 얘야, 예서(禮書)를 읽었느냐? 비뚜로 잘린 고기 조각을 먹는다고 입과 배에 무슨 해로움이 있으며, 잠깐 쉴 때 한쪽으로 기댄다고 엉덩이와 다리에 무슨 장애가 생기겠느냐? 그렇지만 성인은 임신한 경우 간곡히 훈계하기를 '자른 것이 바르지 않으면 먹지 말고, 자리가 바르지 않으면 앉지 말라'고 하셨단다. 배 속에 있을 때부터 생명 기르기를 바르게 해야 하기 때문이란다.

이것으로 미루어 보면, 합(蓋)에서 받는 만종(萬鍾)의 녹봉이 꽥꽥거리는 거위처럼 부정한 것*이 아니라고 할 수 있으며, 낙읍

* 『맹자』「등문공 하」에 나오는 오릉중자(於陵仲子)의 고사에서 나온 말이다. 오릉중자는 제(齊)나라에서 대대로 벼슬을 한 집안 출신이다. 그의 형은 식읍(食邑)으로 받은 합(蓋) 땅에서

(洛邑)의 구정(九鼎)†이 시골 사람의 갓처럼 부정한 것‡이 아니라고 할 수 있겠습니까? 지금의 이른바 양반이란 옛날의 이른바 대부와 사(士)요, 지금 이른바 '좋은 태수'란 옛날의 이른바 도신(盜臣: 관청 창고의 재물을 도적질하는 관리)이니, 그가 먹고 걸치는 것에 명색이 바른 것이 어디 있습니까? 백이(伯夷)와 오릉중자(於陵仲子)로 하여금 태수의 자리에 있게 한다면, 더럽기가 어찌 다만 진흙탕에 빠지고 숯덩이에 앉은 정도로만 생각하겠습니까. 반드시 뛰쳐나가 다 토해 버릴 것입니다. 그렇지만 까마귀는 온갖 새가 다 검다고 믿고, 개구리는 온갖 벌레가 다 같은 소리를 낸다고 짐작하는 법입니다.

지금 형은 벼슬에 나가 관리가 되었습니다. 벼슬에 나가는 것은 '좋은 태수'가 되고 싶기 때문이요, 좋은 태수가 되고 싶은 것은 먹을 것이 많기 때문이지요. 그대가 스스로 처신하는 바가 백

만종의 녹봉을 받았는데, 오릉중자는 형의 녹봉을 부정하게 여겨 한 집에 살지 않고 오릉(於陵)에 은둔하였다. 어느날 집에 왔을 때 누군가 뇌물로 바친 거위를 보고 "이 꽥꽥거리는 거위는 무엇에 쓰는 물건입니까?"라고 하며 더럽게 여겼다. 그 뒤 어머니가 이 거위를 요리했는데, 오릉중자는 알지 못한 채 맛있게 먹고 있었다. 형이 와서 보고는 "이 고기가 꽥꽥거리던 그 거위다"라고 비꼬자, 먹은 것을 다 토해 버렸다고 한다.

† 구정(九鼎)은 중국 하나라 우(禹) 임금 때 전국의 아홉 주에서 바친 쇠로 만든 솥. 은나라의 상읍(商邑)에 있던 것을 주나라 무왕(武王) 때 낙읍으로 옮겼다.

‡ 『맹자』「공손추 상」에서 백이(伯夷)에 대해 일컬은 말. "마을 사람과 함께 서 있을 때라도 그가 쓴 갓이 바르지 않으면 뒤돌아보지 않고 떠나기를 마치 자신이 더럽혀질 듯이 여겼다."

이도 아니요 도척(盜跖: 중국 춘추시대 노나라의 유명한 도둑)도 아닌, 또는 그렇기도 하고 아니기도 한 그 사이인지 나는 모르겠습니다.

그렇다면 소 잡는 칼을 한번 시험해 봐야 하는데, 그러기로는 여기 안의현만 한 고을이 없을 것입니다. 울창한 숲과 긴 대나무는 산음(山陰)과 흡사하고, 술잔을 띄울 수 있도록 굽이굽이 흐르는 물줄기는 난정(蘭亭)*에 뒤지지 않습니다. 지금 한창 죽순이 껍질을 벗고 은어가 그물에 드니, 백이로 하여금 현감이 되게 하더라도 당연히 흔쾌하게 배를 한번 불릴 것입니다. 깊이 바라노니, 그대는 돈 많이 생기는 '좋은 태수'를 바라지 말고, 앉아서 옛 친구와 자리 교대하기를 기다리는 것이 어떻겠습니까?

술이 조금 취하였기로 다른 사람이 대신 받아 적으니, 할 말은 많지만 다 쓰지 못합니다. _ 「김계근(金季謹)에게 답함」(答金季謹書), 『연암집』 제3권

* 산음은 중국 진(晉)나라의 서예가 왕희지(王羲之)가 살던 곳. 왕희지는 353년 가족과 친구들을 자신의 정자인 난정(蘭亭)으로 불러 봄맞이 잔치를 열었다. 이때 모인 사람들이 시를 지었고 왕희지는 그에 대한 서문을 썼으니, 바로 「난정기」(蘭亭記)이다. 여기에 "높은 산 험준한 고개, 울창한 숲 긴 대나무"(有崇山峻嶺 茂林脩竹), "굽이굽이 흐르는 물줄기를 만들어 술잔을 띄우고 차례로 줄지어 앉는다"(引以爲流觴曲水 列坐其次)라는 구절이 있다.

2-5. 정성 '성'(誠) 한 글자에 힘써라!

1)

엄동설한에 순사또(관찰사)의 기체 건승하시다니, 제 마음도 삼가 편안합니다. 앞서의 편지에서 "죽은 사람은 구천으로 가고, 남은 사람은 샛별만큼 드물다"라고 하신 말씀에는 깊은 슬픔이 얽혀 있었습니다. 어찌나 눈물이 흐르던지요?

옛날의 범중엄(范仲淹)과 부필(富弼)[†]은 세상 물정 모르는 유학자요 보잘것없는 선비가 아닌 적이 없었습니다. 이들이 평소에 어찌 스스로 경세제민(經世濟民)할 수 있다고 자랑한 적이 있겠습니까. 다만 이들은 평상시에는 진실한 마음으로 옛사람의 글을 읽었으며, 벼슬에 나가 당세의 직무를 맡게 되어서는 쉬운 일이든 위태로운 일이든 가리지 않고 옛사람의 글 가운데서 그 해결방법을 찾았을 따름입니다. 이들이 스스로 힘쓴 바는 정성 '성'

† 중국 송나라 인종(재위 1022~1063) 때의 명신들.

(誠) 한 글자에 지나지 않았습니다.

지난번 편지에서는, 범중엄과 부필 두 분을 하늘 높이 우뚝하고 땅을 뒤흔든 아주 특별한 존재로 생각하신 듯했습니다. 이는 못난 제가 순사또께 기대하는 것이 아닙니다. 순사또께서는 글 읽은 것이 이들에 뒤지지 않습니다. 더구나 순사또께서는 이들보다 몇백 년 늦게 태어난 덕에 좋은 방책이 이들보다 더 많습니다. 다만 감히 알지 못할 바는, 정성 '성' 한 글자에 힘쓰는 것을 이들처럼 할 수 있는가 하는 점입니다.

옛날의 이른바 도신(盜臣)은 지금의 이른바 수령이니, 옛날의 이른바 '재물을 긁어모은다'[聚歛]는 책망 또한 어찌 받지 않을 수 있겠습니까. 맹자는 "거실(巨室 : 명문대가)에 죄를 짓지 말라"고 말했습니다. 한 고을의 아전들은 한 고을의 거실이요, 한 읍의 수령들은 한 도의 거실입니다. 이리하면 법을 지키는 것이 되고, 저리하면 법을 어기는 것이 됨은 오직 저 관리들만이 알고 있을 뿐입니다. 저들이 비록 눈앞의 위협적인 형틀을 두려워할지라도 어찌 저마다의 속셈과 분별력이 없겠습니까? 생각건대, 범중엄, 부필 두 분은 거실에 죄를 짓지 않았을 것입니다.

2)

지난가을 태풍으로 피해가 심한 지역도 있고 심하지 않은 지역도 있었습니다. 이른바 '천리까지 바람이 똑같이 불지 않는다'는 말이 과연 틀리지 않았습니다. 대령(大嶺) 이남은 노령(蘆嶺) 이북과 달라서 나무가 꺾이고 기왓장이 날아갈 정도로 바람이 심했습니다. 그렇지만 수만 나무가 울부짖고 사방이 뒤흔들리는 사태가 어느 곳인들 일어나지 않았겠습니까?

비바람이 휘몰아칠 때 영천에서 경주로 향해 가고 있었는데, 멀리 백리 밖을 바라보니 바닷가 하늘에 드리운 검은 구름이 마치 먹을 뿌려 놓은 것 같았고, 또 셀 수 없이 많은 버섯이나 수천 수만 개의 수레바퀴와 같았습니다. 길 가던 사람이 먼 하늘을 손가락으로 가리키는데, 날랜 흰 용이 거침없이 하늘을 지나는 것 같았습니다. 그 형상은 산언덕 사이에 나무꾼이 다니는 여러 갈래 길과 같았고, 그 색깔은 희지도 않고 검지도 않으며 맑고 투명한 것이 엷은 얼음과 같았습니다. 이것이 용인지 구름인지는 모르겠지만, 이날 바람이 몹시 사납게 불었음은 말하지 않아도 알 수 있었습니다. 보내신 편지에 재해를 입지 않은 것을 치하(致賀)하셨는데, 축하할 일이 아닙니다. 바람이 어찌 바람이 아니겠습니까?

저는 작은 고을의 낮은 관리로서 천여 리를 달려 대궐에 들어와 전하를 가까이서 알현하였으니, 전하의 성덕을 입으매 지극한 영광이었습니다. 전하께서는 본 현이 풍년인지 흉년인지를 물으시고, 다음으로 큰길 근처 마을의 농사 형편이 어떠한지, 도내 백성들의 사정이 어떠한지, 지난번 태풍에 재해는 없었는지를 물으셨는데 말씀을 정성스럽게 거듭하셨습니다. 저는 도내 백성들의 사정에 대해 임자년(1792)과 비교하여 어떠한지 듣고 본 대로 대답하라는 뜻에 따라 삼가 진실하게 말씀을 올렸습니다. 이때 옥촛불 찬란히 빛나는 궁궐에는 좌우에 다만 승지와 사관이 있을 뿐이었습니다. 임금께서 미천한 신하를 대우하시는 것이 측근의 신하와 다름이 없었습니다. 이 미천한 신하가 맡은 일로써 아주 잠시 의견을 낼 자리를 얻었으니, 숨김없이 자세하게 아뢰어야 마땅할 터인데, 가슴속에 품고만 있고 글로 쓰지 못한 만언(萬言)의 상소가 모두 등줄기에 쏟아내린 한 섬의 땀으로 변하고 말았습니다. 소원하고 미천한 자리의 신하인지라 가슴에 품은 생각을 다 아뢰지 못했던 것입니다. 진실로 형세가 그러했습니다. 그러나 범중엄이나 부필과 같은 분들에 견주어 보면 또 어떻다 하겠습니까. _「전라 감사에게 답함」(答湖南伯), 『연암집』 제3권

2-6. 오행, 이용·후생·정덕(利用·厚生·正德)의 도구!

1)

나는 스무 살 때 마을 서당에서 『서경』(書經)을 배웠다. 그 중 「홍범」(洪範)* 편은 읽기가 너무 어려워서 선생께 물었다. 선생은 말했다.

"「홍범」은 읽기 어려운 글이 아닐세. 읽기 어려운 이유는 속된 유학자들이 어지럽게 만들었기 때문이야. 오행(五行 : 우주만물을 구성하는 다섯 가지 원소인 목·화·토·금·수)이란 하늘이 내리고 땅이 기르며 사람들이 의지하여 살아가는 것일세. 우(禹) 임금이 순서를 정하고 무왕(武王)과 기자(箕子)가 문답한 것에 의하면,

* 『서경』「주서」(周書)의 편명이다. 무왕이 은(殷)을 정벌하고 난 뒤 기자에게 천도(天道)에 대해 묻자, 기자가 아홉 가지 큰 법으로 대답하였다. 이 내용을 담은 것이 「홍범」으로, 천지간에 가장 큰 법이라는 뜻이다. 원래 하늘이 우 임금에게 내렸던 '홍범구주'(洪範九疇)를 기자가 부연하여 무왕에게 말해 준 것이다. '홍범구주'는 우 임금이 홍수를 다스릴 때 신령스러운 거북이를 얻었는데, 그 거북이 등에 새겨진 '아홉가지 큰 법'을 말한다.

오행의 임무는 정덕(正德), 이용(利用), 후생(厚生)*의 도구에 지나지 않으며, 오행의 쓰임은 중화위육(中和位育)†의 공효(功效)에서 벗어나지 않는 걸세.

한(漢)나라의 유학자[儒者]들이 길흉화복을 굳게 믿어, 어떤 일은 반드시 그 일에 앞서 어떤 조짐이 나타난다고 주장하면서, 오행에 나누어 배열하고 미루어 설명하여 그 허탄하고 망령됨을 즐겼다네. 이것이 퍼져 음양과 복서(卜筮)의 학술이 되었고, 이것이 바뀌어 성력(星曆: 천문역법)과 참위(讖緯: 앞일의 길흉화복을 예언하는 책)의 서적이 되었다네. 그리하여 세 성인(우 임금, 기자, 무왕)의 본뜻과 서로 크게 어긋났을 뿐만 아니라 오행상생(五行相生)‡의 학설과도 아주 극단적으로 어긋났네.

만물이 흙에서 나오지 않는 것이 없는데 어찌 유독 쇠만이

* 『서경』「대우모」에서 우가 순 임금에게 올린 말에 나온다. "정치는 백성을 기르는 데에 있습니다. 물·불·쇠·나무·흙·곡식을 잘 가꾸고 정덕·이용·후생을 조화롭게 만드셔야 합니다"[德惟善政, 政在養民, 水火金木土穀, 惟修, 正德利用厚生, 惟和]. '정덕'은 덕을 바로 잡는 것이요, '이용'은 쓰임을 편리하게 하는 것이요, '후생'은 생활을 넉넉하게 하는 것이다.

† 『중용』 제1장 "중화(中和)의 경지를 이루면 천지가 자리 잡히고 만물이 길러질 것이다"[致中和 天地位焉 萬物育焉]라는 구절에서 나온 말이다. 『중용』 제1장에서 중화의 뜻을 이렇게 밝혔다. "희로애락의 감정이 아직 발해지지 않아 치우침이 없는 상태를 '중'이라 하고, 감정이 발하여 모두 절도에 맞는 것을 '화'라 한다. 중은 천하의 큰 근본이요, 화는 천하의 공통된 도이다"[喜怒哀樂之未發謂之中, 發而皆中節謂之和. 中也者, 天下之大本也, 和也者, 天下之達道也].

‡ 오행상생은 오행이 서로 생하는 이치이다. 물은 나무를 낳고[水生木], 나무는 불을 낳고[木生火], 불은 흙을 낳고[火生土], 흙은 쇠를 낳고[土生金], 쇠는 물을 낳는다[金生水].

흙을 모체로 삼는단 말인가. 쇠는 단단하니 불이 닿으면 녹아내리는 것은 쇠의 성질이라 할 수 없지. 넘실거리는 강과 바다, 일렁이는 황하(黃河)와 한수(漢水)가 모두 쇠에서 불어난 것이란 말인가? 돌에서도 젖이 나오고 철에서도 진액이 흐르네. 만물에 진액(津液)이 없으면 말라 버리거늘 어찌 유독 나무만 물을 머금겠는가?

만물이 흙으로 돌아가지만 땅은 더 두터워지지 않는다네. 건곤(乾坤: 하늘과 땅)이 짝을 이루어 만물을 화육하거늘 어찌 한 아궁이 속의 땔나무가 대지를 두텁게 할 수 있겠는가. 쇠와 돌이 서로 부딪치거나 기름과 물이 서로 끓을 때는 모두 불을 일으킬 수 있고, 벼락이 치면 불타고 황충(蝗蟲: 메뚜기, 풀무치)을 묻으면 불꽃이 일어나네. 이렇게 보면 불이 전적으로 나무에서만 일어나지 않는다는 사실 또한 분명하지 않은가. 그러므로 상생이란 서로 어미와 자식이 되는 게 아니라 서로 의지하여 산다는 뜻일세.

옛날에 하우씨(夏禹氏: 하나라 우 임금)는 오행을 잘 활용했네. 하우씨가 산을 따라 벌목한 것은 굽기도 하고 곧기도 한 나무의 쓰임을 터득한 것이요, 하천과 육지 다스리는 일을 널리 시행한 것은 곡식을 심고 거두는 방법을 터득한 것이요, 삼품(三品)의 금(금·은·동 혹은 세 가지 색깔의 금)을 공물로 받은 것은 변형이 자유로운 성질을 터득한 것이요, 산을 태우고 늪을 태운 것은 위로

타오르는 덕성을 터득한 것이요, 하류를 터서 물을 끌어들인 것은 적시고 흘러내리는 공력을 터득한 것이라네. 백성과 물질이 서로 의지하여 살아가는 것이 이와 같이 위대하다네.

무엇이고 물질 아닌 것이 없음에도 유독 오행만을 일컫는 까닭은 나무·불·흙·쇠·물 다섯 가지 물질이 만물을 대표할 수 있기 때문이요, 이들의 성질과 작용이 훌륭하기 때문이지. 그런데 후세에 이르러 물에 능통한 사람들은 성(城)을 침수시키는 일에 물을 지나치게 사용하고, 불에 능통한 사람들은 적을 공격하는 일에 불을 지나치게 사용하며, 쇠에 능통한 사람들은 뇌물을 주는 일에 쇠를 지나치게 사용하고, 나무에 능통한 사람들은 궁실을 짓는 일에 나무를 지나치게 사용하며, 흙에 능통한 사람들은 밭두둑 논두렁 만드는 일에 흙을 지나치게 사용했다네. 이로 말미암아 세상에서는 '홍범구주'(洪範九疇)의 학문이 단절된 것이라네."

2)

나는 물었다.

"우리 동방은 기자가 와서 다스린 나라요, 「홍범」은 기자에게서 나왔으니, 당연히 집집마다 가르치고 외우게 했어야 할 것입니다. 그런데 아득히 수천 년이 지난 지금까지 「홍범」에 관한 학문으로 세상에 이름난 사람이 없는 것은 무슨 까닭입니까?"

선생이 대답하였다.

"오호라! 이는 자네가 알 수 있는 것이 아니라네. 대저 '표준을 세운다'[建極]는 것은 마땅히 이르러야 할 곳에 반드시 이르러 이치에 알맞아야 한다는 뜻일세. 후세의 학자들은 그렇지 못하여, 명백하고 알기 쉬운 '윤리와 정사'는 버려 두고, 알듯말듯 고원한 도상(圖像)만을 좇아 논설하고 변론하더군. 그리하여 이치에 맞지 않는 말을 억지로 끌어다 자신들이 먼저 펼쳐 놓기에 급급하니, 그 학설이 정교하면 할수록 더욱 근본을 잃고 만다네.

이제 내가 오행의 쓰임에 대해 먼저 말해 보겠네. 이것을 들으면 홍범구주의 이치는 분명히 알 수 있을 것이네. 왜 그런가 하면 '쓰임을 편리하게'[利用] 한 이후에야 '생활을 넉넉하게'[厚生] 할 수 있고, '생활을 넉넉하게' 한 이후에야 '덕을 바르게'[正德] 할 수 있기 때문이네.

대저 물은 때에 맞추어 저장하거나 흘려보내어, 가뭄이 드는 해에는 수차(水車)로써 밭에 물을 대고 수문으로써 수량(水量)을 조절한다면 물을 다 쓸 수 없을 것이네. 지금 자네들은 물이 있어도 쓸 줄을 모르니 이는 물이 없는 것이나 마찬가지네.

대저 불은 사계절에 따라 온도가 다르고 강약에 따라 효과가 다르니, 질그릇·주물(鑄物: 쇠를 녹여 만드는 물건)·쟁기·괭이를 만들 때 각각 그 재질에 따라 불기를 맞추면, 불을 다 쓸 수 없을 것이네. 지금 자네들은 불이 있어도 쓸 줄을 모르니 이는 불이 없는 것이나 마찬가질세.

우리나라의 경우 사방 100리 되는 고을이 360곳이지만 높은 산 험준한 산맥이 10에 7, 8을 차지한다네. 말로만 100리지 실제 평야는 30리에 지나지 않으니, 백성들이 가난한 것은 당연하지 않은가. 하지만 저 우뚝히 높고 큰 산들을 사방으로 측량하면 몇 배의 땅을 얻을 수 있네. 또 때때로 금·은·동·철이 나오니, 채광(採鑛)하는 방법과 제련하는 기술만 있다면 부유하기로 천하에 으뜸이 될 걸세.

나무의 경우도 그렇다네. 궁실·관곽(棺槨)·수레·쟁기는 각각 그 재료가 다르니, 우형(虞衡: 산림과 천택을 돌보는 관리)이 때맞추어 나무를 가꾼다면 나라 안에서 사용하기에 충분할 걸세.

아! 오토(五土: 산림·천택·구릉·물가의 평지·낮은 습지)는 각기 거름 주는 법이 다르고 오곡(五穀: 쌀·보리·조·콩·기장)은 각기 파종하는 법이 다르다네. 그런데도 농사의 지식을 분명하게 알리는 일을 어리석은 농부에게 맡겨 둔 채 토지의 공력을 잘 쓰기 위해 무엇을 해야 하는지도 모르니, 백성들이 어찌 굶주리지 않을 수 있겠는가. 「홍범」 '황극조'(皇極條)에서는 "생활이 넉넉해야 착하게 된다"(旣富方穀)고 말했네. 먼저 일상의 쓰임과 생활을 잘 갖추고 나면 부유하고 착하게 되니 '홍범구주'의 이치가 여기에서 벗어나지 않을 것이네. 이러하다면, 읽는 데 무슨 어려움이 있겠는가."

3)

나는 화림(花林: 안의의 옛 지명)의 수령으로 부임하여 가장 먼저 현(縣)에서 나온 문헌을 찾아보았다. 속수(涑水) 우공(禹公)*이 「홍범」에 대한 이해가 깊어 『홍범우익』(洪範羽翼) 42편과 『홍범연의』(洪範衍義) 8권을 지었다길래, 급히 가져다 읽어 보니 구별이 정연하고 분류가 체계적이었다. 크게 말하면 나라를 다스리고 경영하는 정치가가 반드시 취해야 할 책이요, 작게 말하면 경서를 공부하거나 첩괄(帖括)†을 암기하는 서생이 반드시 참고해야 할 책이다. 이로써 「홍범」이 읽기 어려운 글이 아니라는 선생의 말씀에 수긍이 갔다.

지금 우리 성상께서 오랫동안 백성들을 교화하여 중도를 세

* 우여무(禹汝楙). 자는 모(某), 단양 사람이다. 1634년(인조 12년)에 문과에 합격하여, 벼슬이 하동 현감에 이르렀다. 일찍이 「홍범」 '황극'의 본지를 부연하여 조정에 상소하였는데, 임금이 특별히 이에 대한 비답을 내려 '격언이자 지당한 언론이다'라고 칭찬했다고 한다.

† 각종 문헌에서 어려운 고사성어 등을 뽑아 기록한 책으로, 과거 시험을 대비하는 선비들이 주로 읽던 참고서의 일종.

우고, 깊은 산 속에 숨어 있는 인재를 찾아내며, 한미하여 가려진 인재를 드러내 등용하니, 나는 이 책이 쓰일 날이 있을 것임을 확신한다. 먼저 이 서문을 써서 임금의 사신들이 수집해 가기를 기다리는 바이다. _ 「홍범우익서」(洪範羽翼序), 『연암집』 제1권

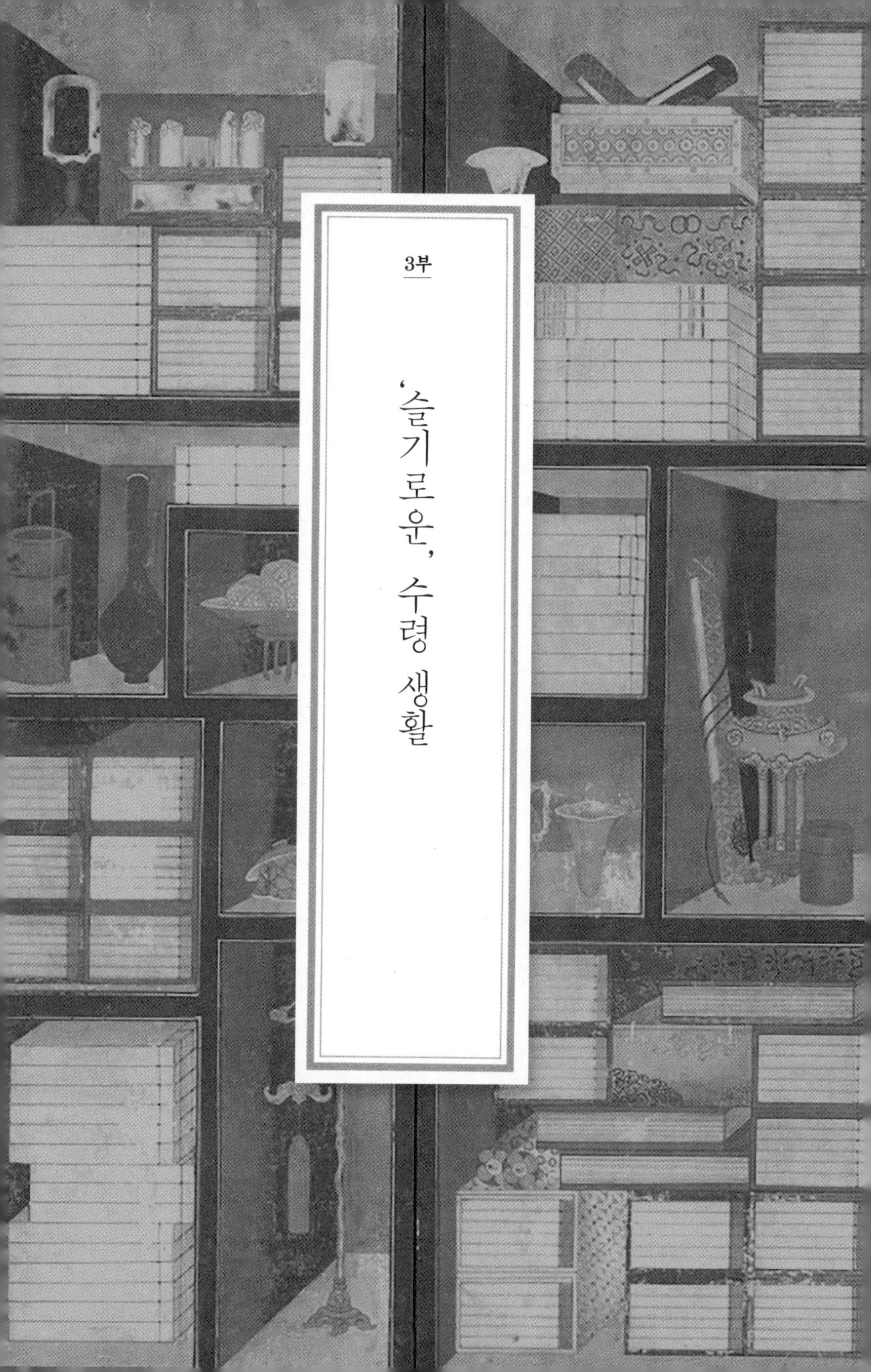

3부

'슬기로운, 수령 생활

3-1. 구휼, 이보다 더한 즐거움이 어디 있으랴

1)

지붕에서 비둘기 꾹꾹 울자 비가 내렸다 맑았다 하니, 완연히 꽃 피는 봄날입니다. 저 멀리 아지랑이 눈에 어른거리고 관아 연못의 푸른 물엔 그림자 잠겨 일렁입니다. 송사(訟事)하는 사람들은 오지 않고 관아의 아전들은 모두 돌아가니 오늘 우연찮게 한가한 시간을 얻었습니다. 바야흐로 일 년 만에 태수(太守)의 즐거움을 알게 되었습니다그려. 뒷짐을 지고 난간을 돌며 그리운 마음 시로 읊으니 다른 이가 아니라 그대를 향한 것이었습니다. 때마침 한 통의 편지 홀연히 내 앞에 떨어지더이다. 가히 '마음과 영혼이 만나니 산천도 떼어 놓지 못한다'고 이를 만합니다.

영남 전 지역의 일흔두 개 고을이 혹독한 흉년을 만나 모두 대대적인 진휼을 시행하고 있습니다. 오늘날의 '목민관'은 굶주린 사람에 대해서는 정성을 다해 찾아낼 것을 생각하고, 구휼할 물자에 대해서는 널리 모을 수 있도록 경영에 힘써야 하므로, 근심은 쌓이고 심신은 지쳐 있습니다. 어찌 고단하고 초췌하지 않을 수 있겠습니까? 더군다나 대구는 감영이 있는 고을이라 업무가 많아 눈에 보이는 어려움과 근심이 다른 고을보다 갑절일 테니, 얼마나 괴롭겠습니까? 매번 도내 수령들의 편지를 받아 보면, 근심과 번뇌가 너무 지나쳐서 이마를 찌푸리는 기색이 지면(紙面)을 뚫고 나오며, 신음하는 소리가 붓끝을 떠나지 않습디다. 편지를 읽고 나면 그들의 근심이 전이되어 마음이 편안한 적이 없었습니다. 그런데 그대와 같이 낙천적이고 호탕한 성격의 소유자가 자신도 모르게 이런 태도를 보이다니, 생각지도 못한 일입니다. 어찌 개탄스럽지 않겠습니까?

2)

아! 우리나라 인재 등용의 통로는 너무 좁아서, 학식이 천문(天文)과 인사(人事)를 꿰뚫고 재주가 문무(文武)를 겸비했을지라도, 과거(科擧)를 보지 않으면 벼슬에 오를 길이 없습니다. 지금 조정에서 활약하며 나라와 백성을 위해 계책을 세우고, 정치와 교화를 이끌고 돕는 관리 중에 대과(大科)에 합격하지 않고 등용된 사람이 어디 있습니까? 그 아래 사람들은 소과(小科)에 합격한 뒤에야 음관(蔭官)으로 보직을 얻어 간신히 벼슬아치 명부에 끼게 됩니다. 허나 직급이래야 기껏 6품 관원이나 5품 정랑을 넘어서지 못하니, 밤이나 낮이나 수령으로 나가기만을 학수고대합니다. 하여 각 고을의 형편이 좋은지 나쁜지 헤아리고, 토산물이 있는지 없는지 묻는 것에만 힘을 쏟으니, 그 처신하는 바가 소인배나 다름없습니다. 명색은 백성을 이끈다고 하지만 실제 일할 때는 자신의 뜻을 펼치지 못하고, 오직 인사고과(人事考課)만을 두려워하여 명령을 받드는 데만 분주합니다. 이러하니 마을의 고질적인 병폐나 백성의 고통에 마음을 쓸 겨를이 있겠습니까. 그럴 시간도 없지만 병폐를 바로잡고자 해도 일 처리 하나 제대로 못하니 형편상 어찌해 볼 수 있겠습니까. 그나마 능력 있는 사람은 장부 기록에 신중하고 창고 관리에 엄중하여, 죄나 짓지 않으면 다행인 것이지요.

그럼에도 불구하고 평생에 품은 뜻을 펼쳐 볼 수 있는 한 번의 기회가 찾아오니, 진휼하는 이 한 가지 일입니다. 나와 그대는 크게는 대과 급제를 하지 못했고 작게는 진사(進士)가 되지 못하여, 둘 다 일 없는 백수요 민가의 하찮은 백성으로서 농담으로 세월을 보냈습니다. 우리 딴에는 선비의 옷차림을 하고 잘난 척했지만 남루해진 지 이미 오래며, 임기응변으로 양반이라 칭했지만 분수에 안 맞는 부끄러운 짓에 불과했습니다. 머리는 하얗게 세고 얼굴은 누렇게 되어 이번 생에 대한 기대를 버렸는데, 늘그막에 관직에 임명되어 앞서거니 뒤서거니 동료가 되었으니 이 얼마나 운이 좋은 겁니까. 옛사람들은 마흔 살에 벼슬에 나아갔다는데 그 나이는 넘었지만 직무를 다하기로 한다면야 아직도 남은 날들이 많습니다. 오륙 년이 못 되어 그대는 중요한 고을을 두 번이나 맡았고 나 또한 현감 자리를 얻었습니다. 큰 흉년이 든 때, 백성을 구제하고 은혜를 베풀 절호의 기회가 우리에게 이른 것이라 하지 않을 수 없습니다. 씀바귀를 냉이처럼 달게 여기듯 백성을 이끄는 일에 기꺼이 정성과 힘을 다 쏟아야 할 터, 어찌하여 신세를 한탄하며 고달픈 처지에 놓인 것처럼 자신을 몰아간단 말입니까?

3)

50년 세월을 돌아보니, 대그릇의 거친 밥과 표주박의 물도 자주 비어 내 몸도 돌보기 어려운 처지였습니다. 그런데 어느날 갑자기 임금의 은혜를 두터이 입어 부잣집 영감이 되었습니다. 뜰에는 수십 개의 커다란 가마솥을 벌여 놓고 부황 들어 쓰러져 가는 1,400여 명의 동포들을 불러모아 한 달에 세 번씩 먹이는 즐거움을 만끽하니, 즐거움 중에 이보다 더한 즐거움이 어디 있습니까?

저 장공예(張公藝)가 아홉 세대와 함께 살 때 힘을 다해 참았다니 이 무슨 말입니까? 공자는 "이것을 참을 수 있다면 어느 것인들 못 참으랴?" 하였고, 맹자는 "사람이란 모두 남에 대해 차마

하지 못하는 마음이 있다" 하였습니다. 성인도 참을 수 없는 일에 대해 참지 못하는 것이 이와 같았습니다. 참을 '인'(忍) 자를 한 번만 써도 심하거늘 '인' 자를 백 번이나 쓴다면 어떻겠습니까? 백 번을 참을 때엔 머리가 지끈거리고 이마가 찌푸려져서 온 얼굴에 주름살이 가로로 세로로 깊이 새겨질 터, 양미간엔 내 천(川) 자요 이마 위엔 북방 임(壬) 자를 그렸음에 틀림없을 것입니다. 눈으로 보는 것을 참으면 장님이 되고, 귀로 듣는 것을 참으면 귀머거리가 되고, 입으로 말하는 것을 참으면 벙어리가 되는 것과 같으니, 어질지 못한 일입니다, 근심의 싹을 잘라 버리고 싶으면 마음 심(心) 위에 칼날 인(刃) 자 하나면 충분하거늘, 어찌 참을 '인' 자를 백 번이나 연달아 쓴단 말입니까?

지금 내가 즐거울 '락'(樂) 한 자를 쓰니 무수한 웃음 '소'(笑) 자가 뒤따라 이릅니다. 이것을 미루어 나가면, 백 세대라도 함께 살 수 있을 것입니다. 이 편지를 열어 보는 날, 그대도 반드시 웃느라 입안에 머금은 밥알을 내뿜을 겁니다. 나를 소소선생(笑笑先生)이라 불러 준다면 또한 사양하지 않으리다. _「진휼 정책에 대해 대구판관 이후에게 답함」(答大邱判官李侯端亨論賑政書), 『연암집』 제2권

3-2. 구휼에도 예법이 필요

1)

보내 주신 편지에서 말씀하셨습니다.

"예를 갖춰라, 예를 갖춰라 하지만 기민구제 때를 말한 것이겠습니까?"

어찌 이리도 말이 사리에 어긋나고, 생각이 신중하지 않으십니까? 지난번에는 갈 길이 바빠 긴 이야기를 나누지 못하고, 구휼에도 예가 필요하다는 말씀만 언뜻 드렸습니다. 말에 두서는 없었지만, 꼼꼼히 따지고 헤아려 본 뒤에 한 말입니다. 그러나 앞뒤 맥락도 없이 갑작스럽게 튀어나온 이야기인지라, 그대는 깜짝 놀라 듣기만 했을 뿐 이 말의 진의는 미처 파악하지 못했을 겁니다. 이런 사정으로 그대는 나를 물정에 어둡고 편벽되어 현실과 동떨어져 있다고 비웃었습니다. 물정에 어두운 건 사실이니, 비웃음은 달게 받겠습니다. 그렇지만 기민구제가 예와 관계없다고 하신 말씀은 어찌 지나치다 하지 않겠습니까?

아! 군자가 정치를 할 때 어디를 가도 예 아닌 것이 없습니다. 하물며 기민구제는 나라의 큰 과업이요, 뭇 백성들의 목숨이 달린 일이니 어떠하겠습니까? 기우제 때 부르던 노래인, 『시경』의 '운한'(雲漢)*에서는 관련 예법을 찾을 수 없었습니다. 또 향음주례(鄕飮酒禮)†의 경우는 기민구제의 참혹함에 비해 안락하다는 점에서 차이가 있지만 관련 예법을 찾지는 못했습니다. 그러나 군사들에게 음식을 보내 위로하는 것을 '호'(犒)라 하고, 노인들에게 잔치를 베풀어 봉양하는 것을 '양'(養)이라 하는데, 이때 반드시 의례를 갖추었습니다. 백성이 굶주림에 시달릴 때 빈곤에서 구해 주는 것을 '진'(賑)이라 하는데, 유독 이때에만 예법이 없어서야 되겠습니까? 한 마을의 많은 백성들에게 음식을 보낸다는 점에서는 '호'와 같고, 봉양한다는 점에서는 '잔치'와 같은데, 진휼할 때에는 남자와 여자가 뒤섞여 앉고 어른과 아이가 자리를 다툽니다. 어찌 이토록 분별이 없고 질서가 없단 말입니까?

지난번 예법과 관련하여 이러저러한 말을 한 바는 굶주린 백성에게 두 손을 맞잡고 세 번 인사하고 계단에 먼저 오르도록 세

* 『시경』「대아」(大雅)에 수록된 노래. '운한'은 중국 주(周)나라 선왕(宣王)이 가뭄의 재해를 당해 온 백성들이 고통을 겪자 자신을 반성하며 하늘에 호소하는 내용을 담았다. 왕이 백성을 근심하며 근신하니 천하 사람들이 모두 기뻐했다고 한다.

† 고을의 선비들이 모여 읍양(揖讓)하는 절차를 지키어 술 마시고 잔치하던 행사.

번 사양하자는 것도 아니요, 진휼을 베푸는 뜰에서 나이에 따라 술잔을 돌리자는 것도 아닙니다. 대그릇과 표주박으로 제기를 진설하는 법을 익히자는 것도 아니요, 여위어 쓰러져 가는 사람에게 '사하'(肆夏)[‡]의 곡에 맞추어 걷게 하자는 것도 아닙니다. 누덕누덕 기운 옷을 입은 사람에게 당에 오를 때 긴 옷자락을 들어 올려 조심하는 법을 힘써 행하라는 것도 아니요, 굶주려 누렇게 뜬 사람에게 죽이나 국물을 단번에 들이켜지 말라는 것도 아닙니다.

대개 예란 사고가 생기기 전에 방지하는 것이고, 법이란 사고가 일어난 뒤에 금지하는 것입니다. 저 굶주린 백성들은 누렇게 뜨고 꺼칠한 얼굴로 다 떨어진 옷을 입고서, 오른손에는 쪽박을 들고 왼손에는 전대를 들고, 사람인지 귀신인지 구부정한 모습으로 관청 뜰에 모여듭니다. 그들이 제멋대로 법에 어긋나는 행동을 한들 그 누가 막을 수 있겠습니까?

2)

지난번 진주를 가는 길에 그대가 다스리는 고을을 지났습니다. 마침 진휼하는 날이더군요. 수천 수백 명의 굶주린 백성들이 관

‡ 중국 주나라 때의 궁중음악인 「구하」(九夏) 중의 한 곡. 죽은 이를 대신하여 제사를 받는 시동(尸童)이 사당에 들어오고 나갈 때 '사하'의 곡에 맞추어 걸었다고 한다.

아의 문 앞에 모여 있었습니다. 관아의 문은 안으로 닫히고 한 사람의 문지기도 없어 말을 세우고 한참을 기다렸지만 지나갈 길이 없었습니다. 수많은 지아비 지어미들이 늙은이를 부축하고 어린 애를 이끌고서, 어떤 이들은 관문을 두들기며 크게 부르짖고, 어떤 이들은 뭐라뭐라 수군거렸습니다. 대부분 조심하지 않았고 거리낌이 없었습니다. 그들의 모습을 보면 막 고꾸라질 듯 숨이 끊어질 듯한 형상이었지만, 그 속내를 살피면 누구도 제지하지 않는다는 것을 알고 있어 그 기세가 자못 당당했습니다.

얼마 후 군교가 와서 여러 백성들을 타일러 말했습니다.

"새벽부터 죽을 끓이는데 솥은 크고 쌀은 많아 다 익히려면 오래 걸리니 잠시 기다려 주면 바로 불러들이겠습니다."

이 말에 군중은 성을 내며 모두 일어나 떼로 달려들어, 군교를 몰아치며 옷을 찢고 벙거지를 찌그러뜨리고 머리카락을 잡아당기고 수염을 움켜잡는 등 못 하는 짓이 없었습니다. 갑자기 한 사람이 자기 코를 쳐서 피를 내 얼굴에 바르면서 "사람 잡네!" 하고 소리소리 지르니, 여러 백성들이 입을 모아 "군교가 굶주린 백성을 치네!" 하며 외쳤습니다.

저들이 구휼을 받으려는 사정이 급해 문 열기를 다그친 것이지만, 트집 잡는 행태를 보면 놀랍기 짝이 없습니다. 조금 뒤 손님인 나를 들이기 위해 관아의 문이 열리자마자 굶주린 백성들이

어지러이 뒤섞여 한 번에 관청 뜰에 들이닥쳤습니다. 곧이어 음식을 차려내니 시끌벅적한 소란이 저절로 사라졌습니다.

이날의 광경은 관아 밖에서 일어난 일이라 그대는 듣지도 보지도 못했을 겁니다. 서로 안부를 물은 뒤에 그대가 먼저 관아의 문을 닫은 이유를 설명했습니다.

"백성들이 관아에서 먼 데 사는 이가 있고 가까운 데 사는 이가 있어, 그 도착하는 데도 선후의 차이가 있습니다. 먼저 도착한 자는 부엌을 에워싸고 불을 쬐며 아직 절반도 안 익은 죽을 빨리 익으라고 여러 바가지로 마구 휘저어 온 솥이 무너질 정도가 됩니다. 이 때문에 어쩔 수 없이 문을 닫아걸고 백성을 막아 다 모이기를 기다린 것이지 감히 손님을 거절한 것은 아닙니다."

이 말에 그대도 나도 한바탕 웃음을 터트렸습니다. 제가 조금 전 문 앞에서 보았던 광경을 거론하지 않은 이유는 말이 장황할까 저어해서도 아니요, 진휼을 감찰하는 감영(監營)의 비장(裨將)이 처음 보는 사람이라 번거롭게 소문을 퍼뜨릴까 걱정해서는 더더욱 아닙니다. 지금의 굶주린 백성은 비유하자면 오랜 병을 앓는 아이와 같아서, 떼를 쓰고 어리광을 부리면 그 부모는 하나하나 잘 타일러 순순히 그 뜻에 맞춰줘야지, 평소처럼 일일이 나무라서는 안 된다고 생각했기 때문입니다.

3)

공자(孔子)가 말했습니다.

> 법령으로 이끌고 형벌로 다스리면 백성은 죄를 면하기는 하나 부끄러움이 없어지고, 도덕으로 이끌고 예의로 다스리면 부끄러움을 느끼고 또 바르게 된다.

그러므로 법으로 백성을 이기는 것보다 예로 굴복시키는 것이 나으니, 무엇 때문이겠습니까? 법을 사용하면 형벌과 위엄이 뒤따르게 되고, 예를 사용하면 부끄러워하는 마음이 앞서게 됩니다. 백성 중에 위엄을 모욕하고 형벌을 업신여기는 자가 있다면, 이는 법을 두려워하는 자에게는 이기는 것이고, 반대로 법을 두려워하지 않는 자에게는 지는 것입니다. 그렇다면 굶주림을 핑계삼아 함부로 하는 자는 어찌해야겠습니까?

보통 사람의 마음은 가난과 굶주림을 가장 부끄럽게 여깁니다. 또 사람이라면 한 사발의 국물에도 순간 염치를 차립니다. 그러므로 내 말에 의심의 여지가 없도록 백성들의 고유한 본성에 따라 차례를 세우고 직분을 구별하여 질서정연하게 서로 도를 넘지 않도록 하자는 것입니다. 백성들이 있는 힘껏 양식을 달라 부르짖지만 이는 그들의 본래 마음에서 나온 것이 아니니, 어찌해야 하겠습니까? 그러므로 두려워하는 것은 부끄러워하는 것만 못하고, 힘으로 이기는 것은 순순히 굴복하게 만드는 것만 못합니다. '죄를 면하기는 하나 부끄러움이 없어진다'는 말은 힘으로 이기는 것을 일컫고, '부끄러움을 느끼고 또 바르게 된다'는 말은 굴복하게 만드는 것을 일컫습니다.

지금 영남 전 지역은 불행히도 전례 없는 흉년이 들어 대대적인 진휼을 시행하고 있습니다. 수령 노릇을 하는 자들은 힘을 다해 곡식을 마련하고, 정성을 다해 굶주린 자를 찾아내고 있습니다. 어느 누가 감히 어린아이 보듬듯 백성을 지키는 조정의 성대한 마음을 우러러 본받지 않으며, 임금께서 심려하시는 것의 만의 하나라도 받들어 실행하지 않을 수 있겠습니까? 더구나 잘했는지 못했는지를 가려 승진시키고 벌주는 일이 이 한 번의 실행에 달렸으니, 어찌해야 하겠습니까?

정도를 넘어 두려워하고 삼가고 경계하고 독려하다 보면 명예를 구하는 데 치우치기 쉽고, 너무 지나치게 위로하고 물자를 대주고 따뜻하게 말하다 보면 도리어 감사를 모르나 싶어 서운한 마음을 갖게 됩니다. 공진(公賑: 관곡으로 하는 구휼)이든 사진(私賑: 수령이 자신의 봉급을 털어 하는 구휼)이든 계속 베풀기 어려운 것은 생각하지 않고, 공적이 될지 죄가 될지 상관없이 눈앞에 일을 수습하는 데만 힘을 다 씁니다. 마련한 곡식도 많고 구휼한 백성도 많아 온갖 진휼 정책에서 전 고을이 잘했다 할지라도, 두려운 바는 진휼 정책을 거둬들인 이후입니다. 간신히 숨을 헐떡이며 연명하던 백성들은 무슨 수로 구제하며, 은혜만 바라는 구차한 풍속은 어떤 법으로 바꿀 수 있을지요?

그러므로 내가 말한 바 '예'는 일반적인 진휼의 법도를 버리고 별도의 다른 법도를 갖추라는 것이 아닙니다. 불쌍히 여기고 돌보는 속에서도 큰 원칙을 지키는 데 힘쓰고, 음식을 보내고 먹이기 전에 부끄러워하는 마음을 먼저 기르자는 것입니다. 반드시 남자와 여자는 자리를 구분하고, 어른과 아이는 따로 앉으며, 사족은 앞에 앉고 서민은 뒤에 앉아 각각 제자리를 찾게 하고, 서로 차례를 어지럽히지 않게 해야 합니다. 그러하면 죽을 나눠 줄 때 남자는 왼쪽, 여자는 오른쪽에 자리하여 정돈하려고 애쓰지 않아도 저절로 정돈될 것이며, 늙은이는 먼저 젊은이는 나중에 주어 양보하기를 요구하지 않아도 저절로 양보하게 될 것입니다. 곡식을 나눠 줄 때 앞에 있는 자가 먼저 받는다 하여 시기하지 않고, 뒤에 있는 자가 차례를 기다려도 다투지 않을 것입니다. 이것이 내가 말한 바 예법이요, 진휼을 계속할 수 있는 방법입니다. _「진휼 정책에 대해 단성현감 이후에게 답함」(答丹城縣監李侯論賑政書), 『연암집』 제2권

3-3. 구휼의 어려움, 공진이냐 사진이냐?

1)

진휼 정책에 있어서 가장 공명정대한 원리와 법칙은 공진(公賑)보다 더 큰 것이 없습니다. 그렇지만 공곡(公穀: 관곡)이 나뉘어 사진(私賑)이 되는 것이 최근의 추세입니다. 공과 사, 명분과 실제 사이에는 양쪽 다 크게 조심스럽고, 크게 어려운 점이 존재합니다.

굶주린 가구를 가려 뽑을 때 줄인다고 줄이더라도 매번 부풀린다는 의심을 받게 되고, 구호 물자를 조달하기 위해 부지런히 움직일 뿐인데도 도리어 분수에 넘친다는 혐의를 받게 됩니다. 이 때문에 구휼할 가구의 수가 많이 줄어들어 정작에는 굶주려 쓰러지는 사람들을 구제하지 못하게 되고, 곡식에 섞인 겨나 쭉정이를 줄이려 애를 쓰지만 일일이 살필 수 없어 품질이 좋기는 어렵습니다. 이렇듯 공진의 대원칙에 부합하기 위해서는 꼼꼼히 따지고 잘 헤아려야 합니다.

사진 또한 쉽지 않습니다. 내세우기는 사진이라 말하면서 실상은 관청의 곡식을 빌려서 하는 것이라면, 의혹과 근심은 더 깊어지고 관리와 감독 또한 더 매서워질 것입니다. 대개 명분과 실제가 부합하지 않고 공과 사에는 거리가 있기 때문입니다. 이것이 사진을 급작스레 꾀할 수는 없는 이유입니다.

이른바 '스스로 비축하여 위급한 일을 막는다'라는 말은 더더욱 실상에 맞지 않습니다. 말을 빌리고 소를 고용하여 자기 농장의 곡식을 실어온 것이 아니라면 어느 곳에서 그 많은 곡식을 준비할 수 있겠습니까? 앞서 환곡을 팔아 수익금을 취하는 일 역시 담당 관리에게 발각되는 경우가 많아 암행어사나 관찰사의 감찰이 끊임없이 들이닥치니 어느 누가 감히 이런 일을 저지르겠습니까? 원납전(願納錢: 자진하여 내는 기부금)을 환급하는 법과 도내 부자들에게 기부의 권유를 엄격히 금지하는 법이 신구(新舊) 법령에 빼곡히 선포되어 있지만, 실로 이 두 가지 방법을 제외하고서는 곡식을 마련할 길이 없습니다. 형편이 그럴 수밖에 없습니다.

다만 관리들이 녹봉의 일부를 기금으로 내는 '연름'(捐廩), 이 한 가지만이 가장 폐단이 없습니다. 어째서 그런가 하면, 관청의 물품이라 명분이 정당하고, 애초에 자신이 다스리는 땅에서 나온 것이니, 자신이 다스리는 땅에서 나온 것으로 자신의 백성을 구휼하는 것이 곧 수령의 임무이기 때문입니다. 그러나 이 또한 개운치 않은 점이 있습니다. 명예를 바라서 일을 벌이는 것처럼 보이기도 하고, 물자를 고루 나눠주기란 더더욱 어렵기 때문입니다. 오늘날 수령이 된 자는 곱사등이처럼 온갖 근심을 한 몸에 모으고 있습니다.

2)

지난 늦여름 초열흘께부터 철저하게 대비책을 마련하였습니다. 영문(營門)에서 공곡(公穀)을 분배하느라 애는 애대로 쓰고 보람은 없어 괴롭기만 한 일을 멈추고 싶었기 때문입니다. 이것이 본래의 제 의도입니다. 그런데 여전히 오래도록 머뭇거리며 확실한 규정을 마련하지 못한 까닭은, 굶주린 가구가 많은지 적은지 미리 예측하기 어렵고, 정식 조세로 받은 벼의 판매를 시작하지 못했기 때문입니다.

대저 흉년에 백성을 구제하는 정책에서 굶주린 가구를 가려내는 것보다 더 어려운 일은 없습니다. 이장이나 면장이 한 집 한 집 찾아다닌다고 해서 그 실정을 다 파악할 수 있겠습니까? 강보에 싸인 갓난아이는 자지 않으면 웁니다. 말을 할 줄 몰라 자신의 뜻을 전달하지 못하고, 뜻을 전달할 줄 몰라 원하는 바를 알리지 못하기 때문입니다. 울음소리만 듣고도 젖 달라는 줄 아는 이는 오직 자애로운 어미뿐입니다. 갓난아이가 가슴을 찾아 울음을 그치니, 이는 반드시 어미가 먹일 것을 지니고 있기 때문입니다. 그러므로 온화하게 쓰다듬고 부드럽게 어루만지는 것은 자애로운 어미처럼 행하자는 뜻이요, 가만히 기다리고 묵묵히 듣는 것은 자애로운 어미처럼 때에 맞춰 하자는 뜻이니, 이 어찌 이웃집 사람이나 길 가는 사람이 미칠 수 있는 것이겠습니까?

지금 영문에 약속 드립니다. 굶주린 가구 선정의 이유를 물을 필요도 없고, 공곡이라 이름한 것을 줄 필요도 없고, 열흘마다 하는 관례적인 보고를 요구할 필요도 없고, 진휼을 감독하는 감영 비장(裨將)을 파견할 필요도 없고, 관찰사가 순찰할 때 왕림할 필요도 없고, 황해도의 좁쌀을 나누어 줄 필요도 없습니다. 이 4,000호의 뭇 지아비와 지어미들을 따뜻하게 감싸고 기르도록 이 늙은 수령에게 맡기고 잊어 주신다면, 저 자신의 노둔함을 스스로 채찍질하여 위로는 천하의 근심을 나주어 주신 임금님의 지극한 뜻을 저버리지 않고, 아래로는 먹여 주기를 기다리는 백성들의 마음을 외면하지 않겠습니다.

만일 구휼사업에 효과가 없고 규정에 어긋나는 일이 있다면, 생각건대 환히 꿰뚫어 살피시는 안목을 피할 길이 없을 것입니다. 또한 어찌 감히 사사로이 옛날의 은의와 정분만 믿고서 제 자신을 용서할 수 있겠습니까? 마침내 사진(私賑)으로 정하오니, 뒤

에 기록한 별도의 편지도 아울러 살펴봐 주시면 어떠하온지요? _

「진정에 대해 순찰사에게 답함」(答巡使論賑政書), 『연암집』 제2권

3-4. 은의가 넘치면 받는 이의 마음이 구차해진다!

추수하는 날 살펴보니, 굶주린 가구가 이웃 마을보다 조금 적었습니다. 진실로 처음에는 생각지도 못한 일입니다. 굶주린 가구를 가려낼 때, 젊은이들은 "가을에 이미 보리를 파종했으니 환곡을 받아 농사를 짓고 싶습니다" 하고, 나무꾼들은 "짚신을 삼는 자도 있습니다" 하고, 길쌈하는 자는 "삯방아 찧는 자도 있습니다" 하며 구휼을 사양했습니다. 백성들의 뜻에 따라 명단을 작성하니 심하게 다투는 일이 없었습니다.

지난 가을 서리가 아주 늦게 내려 대신 파종한 곡식이 자못 많아 그 수확물을 먹을 수 있었고, 타작을 끝낸 뒤에도 날씨가 따뜻하여 온 고을 사람들이 가을 농사를 잘 지었기 때문입니다. 지금 당장 의지할 데가 있고, 앞으로 살아 나가는 형편도 믿을 데가 없지 않습니다. 게다가 소를 먹이는 집이나 술을 팔아 생계를 해결하는 무리들은 처음부터 기록에 넣지 않았습니다. 지금 진휼에 대해 물으시면서 굶주린 가구를 가려내는 기준이 너무 까다로운 것은 아닌지 염려하셨는데, 지당하신 지적이라 이견이 있을 수 없습니다.

오늘 두번째 순회하여 구휼 곡식을 나누어 주었는데, 억울하게 누락되었다고 관아로 쫓아와서 호소하는 자가 없었습니다. 다행 또 다행입니다. 그렇지 않다면 양식거리를 달라는 외침이 날마다 관청 뜰에 가득 차서, 장차 말린 밥 때문에 사이가 나빠지는 허물을 피할 길이 없을 것입니다. 한탄스러운 점은 위로는 국가의 정책을 빛나게 함이 없고 아래로는 힘들게 농사를 짓지도 않으며, 풍년 들어 즐거운 해에도 태평시대를 화려한 글로 꾸미지도 못하면서, 흉년을 만났다 하면 자기 생계만 도모하는 자들이 너무 많다는 것입니다.

백 가마니의 곡식을 보조하는 은택을 내리신다니 그 깊고 높으신 생각에 어찌 우러러 감동하지 않을 수 있겠습니까? 다만 앞서 마련한 곡식이 풍족하다고까지 말할 수는 없지만, 지난번 편지에서 말씀드린 수량 정도면 충분할 것 같습니다. 앞으로 더 들어갈 것이 많다 하더라도 백 가마니까지 필요하지는 않을 것 같습니다. 관청 뜰 앞의 곡식더미가 비록 상(商)나라 도읍의 곡식더미에는 못 미치지만 망오리(望五里)는 되는 듯합니다. 망오리는 망우리(忘憂里: 근심하지 않을 정도로 구휼미를 확보했음을 유머러스하게 표현한 말)입니다.

또한 벼를 팔아[移貿] 남은 밑천이 아직도 오백 냥이나 남아 있습니다.* 아전이나 백성들도 모두 알고 있는 바입니다. 이것은 스스로 비축한 것도 아니요, 또한 사유물도 아닙니다. 바로 관청에서 사용하는 물품이니, 호칭은 다를지라도 백성에게서 나왔다는 점에서는 같은 것입니다. 공곡(公穀)이 아닌 것이 어디 있겠습니까? 그러므로 '비용을 절약하여 비축한 것이다'라고 한다면 옳습니다. 그러나 만약 개인의 쌈짓돈과 같이 보면서 스스로 비축한 것처럼 여긴다면 그런 조치를 시행하는 본의에 전혀 맞지 않습니다. 하물며 분수에 넘치는 구휼 물자를 추가로 많이 내려 이미 안정된 백성의 마음을 구차하게 만든다면, 어떻겠습니까? 전날 체가(帖加: 임명장)를 돌려보낸 것도 바로 이 때문입니다. 다시 바라건대 백 가마니의 곡식 보조를 특별히 철회하여 이 용렬한 존재의 작은 뜻이나마 펼쳐 직분을 다할 수 있게 해주신다면 어떻겠는지요? _「진정에 대해 순찰사에게 답함」(答巡使論賑政書), 『연암집』 제2권

* 지방관이 자기 고을의 비싼 곡식을 팔아서 다른 고을의 싼 곡식을 사들여 채워넣고 차액을 남기는 것을 이무(移貿)라고 한다.

3-5. 연암은 셜록 홈즈 : 주범과 종범을 가려라!

'사람이 급소를 맞으면 주먹 한 방, 발길질 한 번에도 그 즉시 죽을 수 있다'는 사실은 이미 법조문에서 논해진 바가 있습니다. 이번에 김복련(金福連)이 유복재(兪福才)를 죽게 한 사건은, 그 뇌후(腦後 : 뒷통수)·인후(咽喉 : 목)·양과(兩胯 : 사타구니) 등 여러 곳에 상처의 흔적이 매우 많고 넓어 그 치수를 재어 보면 거의 두어자에 이르니, 검시 기록을 살피건대 이론(異論)의 여지가 없습니다. 다만 정범(正犯)을 확정하는 문제에 있어, 초검(初檢)에서는 삭손(朔孫)에게 무게를 두었으나, 복검(覆檢)에서는 복련으로 단정하였습니다. 증인이 앞뒤로 다르게 진술한 것을 보면 상하좌우 어디든 상황에 따라 모면하려는 의도가 없지 않습니다.

복련은 삭손의 아비요, 삭손은 곧 복련의 자식입니다. 아무리 살인범이라 할지라도 윤리는 있는 법이거늘 부자가 서로에게 죄를 떠넘기니 과연 어떤 인간들입니까? 판결 자체의 경중은 오히려 중요하지 않습니다.

바야흐로 죽기로 싸우면서 주먹과 발길질이 난무하면 이웃 마을 사람일지라도 당연히 머리를 풀어헤친 채 와서 구해 줄 것입니다. 아들 삭손이 '배가 아파 따뜻한 방에 누워 있었다'고 진술했지만 어찌 방문을 닫고 가만히 있을 수 있단 말입니까? 다른 사람에게 일의 잘잘못과 싸움이 일어난 연유를 물어볼 틈도 없이, 홧김에 자신을 돌보지 않고 주먹을 불끈 쥐고 냅다 튀어 나가, 있는 힘을 다해 겁박하고 후려쳐서 위험에 빠진 아비를 구하는 것이 인지상정일 것입니다. 성난 주먹에 맞아 그 자리에서 상대가 죽었을지라도 자기 몸을 결박하고 관아에 자수하여 살인범이 되기를 청하기에도 겨를이 없었을 텐데, 부자가 죽음을 다투는 급박한 순간에 어찌 이와 같이 편안할 수 있겠습니까?

시골구석의 어리석은 아비와 아들이 망령되이 둘 다 살아날 꾀를 내어 이같이 갈팡질팡 우물쭈물 진술한 것입니다. 정상을 참작하여 죄를 판정한다면, 우발적으로 살인한 죄는 작고 허위로 진술한 죄는 크다 할 것입니다. 아주 가까운 이웃의 증언이 맞다면, '싸움터에 나아가 용맹하지 않은 것은 효가 아니다'라고 말하는 경우도 있는 터, 아비나 형제를 죽인 원수를 만나 싸우지 않고 물러난다면 어떻겠습니까?

복검에서 원범(元犯 : 주범)이 바뀐 것은 풍속과 교화에 크게 관계되는 일이니, 삭손이 사실을 자백하기 전에는 이 옥사가 바로잡힐 수 없습니다. 각별히 조사하고 검증하여 다시 주범과 종범을 가려내야만 실로 판정을 신중히 하는 도리에 합당할 것입니다. _「현풍현 살인사건의 주범을 잘못 기록한 데 대해 순찰사에게 답함」(答巡使論玄風縣殺獄元犯誤錄書), 『연암집』 제2권

3-6. 처녀 한조롱의 주검, '한 줌의 머리털'이 말하는 것!

함양의 장수원(張水元)이 처녀 한조롱(韓鳥籠)을 죽게 한 사건에 대하여 초검(初檢)과 복검(覆檢)에서 모두 스스로 물에 빠진 것을 죽음의 원인으로 판정했습니다. 그러나 조서를 반복하여 살펴보고 정실(情實)에 의거하여 헤아려 보면, 장수원이 한조롱을 위협하고 핍박한 것이 한두 번이 아니었습니다. 시집가지 않은 몸으로 남의 집 곁방을 빌려 살았기 때문에 몹시 부끄럽고 분하지만 어디 하소연할 데도 없고, 형편이 몹시 가난하고 어려웠지만 어디 의탁할 데조차 없었습니다. 오직 저 고요하고 맑은 못만이 자신의 몸을 깨끗하게 지킬 수 있는 곳이었습니다.

장수원이 손을 낚아채 밀어 넣은 것은 아니라 하더라도, 정조를 지키는 처녀로 하여금 굴원처럼 물에 빠져 죽는 원한을 품게 만든 것이 그놈이 아니라면 누구란 말입니까. 그 정황을 파헤치면 그놈이 어떻게 제 목숨을 걸고 속죄하지 않을 수 있겠습니까. 그런데 전후 진술에서 그 말이 여러 번 바뀌었으니 이는 교활하고 완악한 습성으로 그 우악스럽고 포악한 흔적을 숨기려는 데 지나지 않습니다.

강간하려는 것이 아니었다면, 결방의 처녀가 어찌하여 머리채를 잡혀 끌려갔겠습니까. 그놈이 머리채를 잡고 끌어가지 않았으면 한조롱의 머리털이 어찌하여 뽑혔겠습니까. 지극히 원통한 일이 아니라면 뽑힌 머리털을 어찌하여 간직해 두었겠습니까. 이 한 줌의 머리털을 남기며 어린 아우에게 울면서 부탁했으니, 그 이유는 첫째, 사건 당일 몸을 더럽히지 않았다는 증거로 삼기 위함이요, 둘째, 죽은 뒤에라도 원통함을 풀어 없앨 자료로 삼기 위한 것입니다.

이른바 '이[蝨]를 잡다가 유혹하고, 길쌈을 하다가 유혹했다'거나 '호미를 전하러 왔다가 싸우고, 버선을 잃어버려서 싸웠다'고 한 진술들은 이번 옥사와 관련해서 전혀 중요하지 않은 내용입니다. 장수원이 우악스럽고 포악한 짓을 했다는 증거물은 오직 이 머리털뿐이요, 한조롱이 목숨을 걸고 저항한 자취도 오직 이 머리털뿐입니다. 몸은 비록 골백번 문드러지더라도 이 머리털이 남아 있는 한, 이 한 줌의 적디적은 머리털로도 옥사의 전체를 판정할 수 있는 것입니다.

그런데 판결하는 자리에서 마지막 자취만을 문제삼아, 재앙에 이른 책임을 그녀 자신에게 돌리고 장수원에게는 위협과 핍박에 해당하는 형률을 주는 데 그쳤으니, 이렇게 판정한다면 죽은 자의 골수에 맺힌 울분을 어찌 조금이나마 풀어 줄 수 있겠습니까. 정상을 참작하고 행적을 따져보건대, 위협과 핍박에 해당하는 형률은 아무래도 너무 가벼우니, 판정을 무겁게 내려 강간미수의 형률로 집행하는 것이 마땅할 듯합니다. _ **「함양 장수원의 의옥에 대해 순찰사에게 답함」(答巡使論咸陽張水元疑獄書), 『연암집』 제2권**

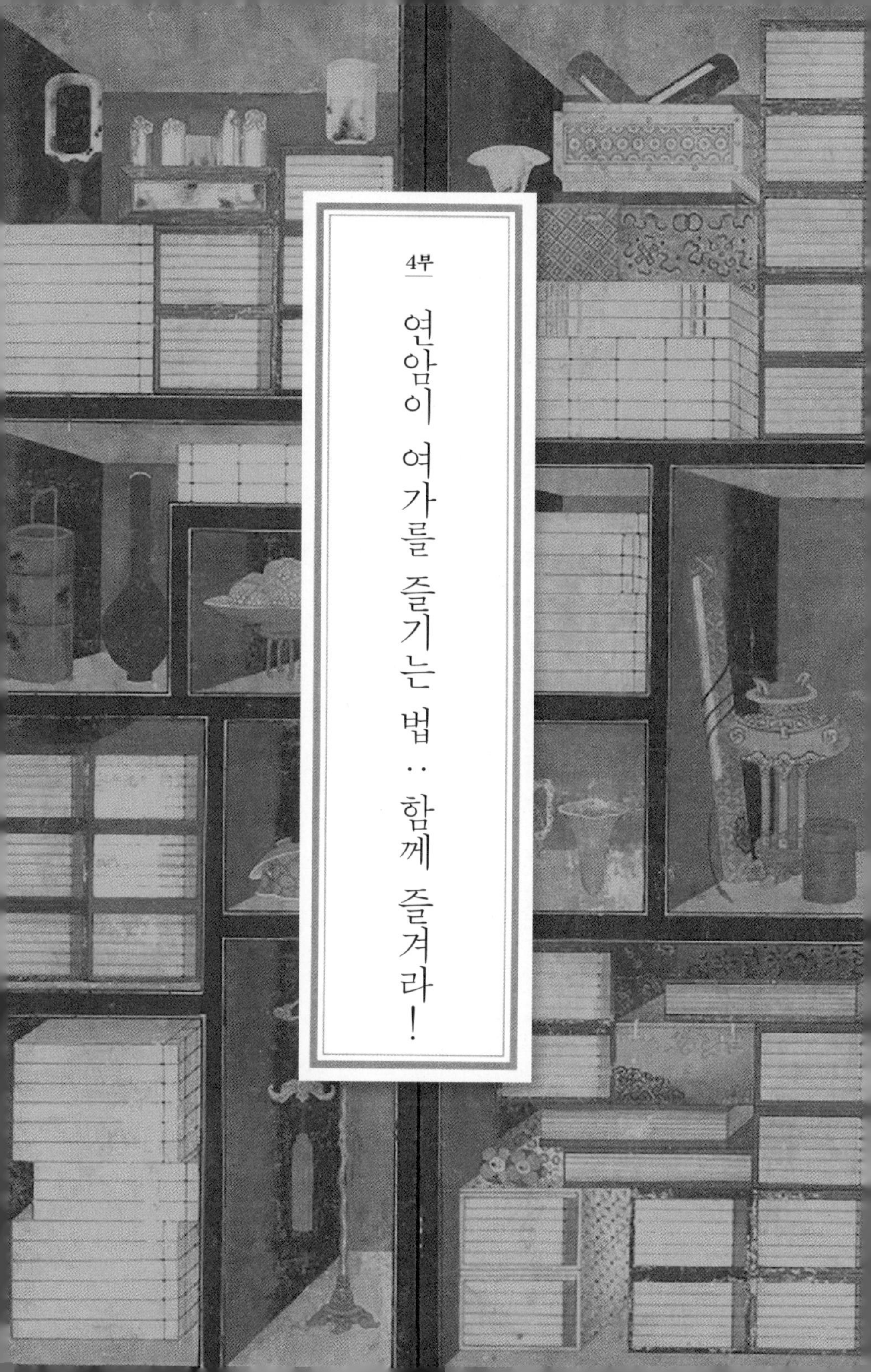

4부

연암이 여가를 즐기는 법 : 함께 즐겨라!

4-1. 버려진 관사를 살린 연암의 손길

정당(正堂: 수령이 정무를 보는 건물)에서 서북쪽으로 수십 걸음을 가면 열두 칸의 버려진 관사가 나오는데, 마루에는 난간이 없고 층계에는 단을 이루는 돌이 없다. 토방을 쌓은 것은 모두 흐르는 물에 씻겨 빤들빤들해진 돌멩이들이다. 계란을 포갠 듯 바둑알을 겹쳐 놓은 듯 돌을 어지럽게 쌓은 탓에 세월이 오래되면서 무너져 내리니, 떨어진 돌무더기들이 땅에 가득했다. 이로 인해 토방은 울퉁불퉁 기울고 미끄러워 발을 딛기 어려웠고, 풀 넝쿨이 무성하게 자라 엉켜 있고 그 속에 뱀들이 똬리를 틀고 있었다.

이에 날마다 하인에게 섬돌을 정리하여 층계를 고르게 하며, 둥근 돌멩이들은 모두 수레에 실어 버리게 하고, 무너진 비탈과 갈라진 벼랑 사이에서 돌을 골라 오게 하였다. 쪼갠 얼음 같고, 깎인 옥돌 같고, 모난 술잔 같은 돌들이 기량을 뽐내기 위해 다투어 몰려와서, 추녀와 처마 아래서 아름다운 자태를 자랑하는 듯했다. 개의 어금니가 꽉 물려 있는 듯, 거북의 등이 불에 갈라진 듯,

숯가마에 금이 간 듯, 가사(袈裟)를 꿰맨 듯, 무늬가 아로새겨지고 마무리가 깔끔하게 되니 먹줄과 칼날을 대지 않아도 아주 또렷하여 도끼로 쪼갠 것 같았다. 섬돌을 따라 그 주변은 반듯하고 곧게 정리되어 모퉁이와 모서리가 제대로 갖추어졌다. 이리하여 당에는 층계가 생기고, 문 앞에는 뜰이 생겼다.

다시 그 앞의 기둥을 철거하고 긴 난간을 보수하며 벽에 칠을 새로 하고 지저분한 것은 벗겨 내고 어수선한 것은 제거하여, 관아의 손님들과 잔치의 손님들이 이곳에서 놀고 쉴 수 있게 하였다. 100홀(笏)만 한 뜰에 10궁(弓) 둘레의 연못을 만들어 연꽃을 가득 심고 물고기 새끼도 풀어놓았다. 바람 드는 들창 너머로, 달빛 깃드는 기둥에 기대어, 맑은 연못을 굽어보노라면 그윽하고 아득하며 고요하고 아늑하니, 온갖 아름다움이 모두 갖추어졌다고 할 만하다.

오래 묵은 장도 그릇을 바꾸면 새 맛이 나고, 늘 다니던 곳도 주변 환경을 바꾸면 다르게 느껴지고 다르게 보인다. 와서 구경하는 사람들이 연못은 예전에 없었고 누각은 예전부터 있었다는 사실을 모른 채, 모두 "이 누각이 나래를 치며 연못 위로 솟아오르는 것 같다"고 말한다.

담 밖에는 높이가 100자쯤 되는 한 그루 오동나무가 있다. 오동나무의 짙은 그늘이 난간에 드리우고 자줏빛 꽃향기가 바람결에 흩날리면 때때로 백로가 나래를 치며 내려와 머무른다. 비록 봉황은 아닐지라도 아름다운 손님이라고 일컫기에 부족함이 없다. 이에 현판을 붙여 백척오동각(百尺梧桐閣)이라 했다. _「백척오동각기」(百尺梧桐閣記), 『연암집』 제1권

4-2. 주변을 바꾸면 새롭게 보인다!

1)

백척오동각(百尺梧桐閣)의 남쪽에 집이 있으니 공작관(孔雀館)이라 한다. 공작관 남쪽으로 수십 걸음 못 가서 지붕 꼭대기에 호로(胡盧: 호로병 모양의 장식물)를 얹은 관사가 마주하고 있으니 하풍죽로당(荷風竹露堂)이다.

중정(中庭: 공작관과 하풍죽로당 사이에 있는 마당)을 나누어 대나무로 엮은 울타리를 세우고 그 안에 구기자, 해당화, 팥배나무, 박태기나무를 섞어서 심으니, 기다란 가지와 부드러운 덩굴이 서로 이어지고 얽히어 무성해져서 햇볕을 가리고 앞을 가려주었다. 봄과 여름에는 병풍이 되고 가을과 겨울에는 울타리가 되니, 병풍에는 여러 꽃들이 섞여 있는 것이 아름답고 울타리에는 눈이 쌓여 있는 것이 아름답다. 울타리 사이 각이 져 뚫린 곳이 천연의 출입문이 되니 사립문을 달지 않았다. 북쪽의 담을 뚫고 도랑의 물을 끌어다 북쪽 연못에 들이고, 북쪽의 연못이 넘쳐 그 물이 앞을 경유하면 굽이져 흐르는 물[曲水]이 되니, 연잎에 술잔을 올려 물에 띄워 흐르게 하였다. 공작관이 같은 방에서도 경치가 달라지고, 자리에 따라 경관이 바뀌는 이유가 바로 이 때문이다.

2)

내가 열여덟 열아홉 살 즈음 꿈속에서 한 누각에 들어갔는데, 크고 깊고 텅 비고 밝은 것이 공관(公館)이나 불당과 비슷했다. 좌우에는 비단 책갑(冊匣)과 옥으로 된 책갈피가 가지런히 꽂혀 있었다. 겨우 한 사람이 통과할 수 있는, 구불구불한 통로를 따라 들어가니 그 가운데에 두어 자 되는 푸른 화병이 놓여 있었다. 여기에 비취새 꼬리 두 개가 꽂혀 있는데 꼬리가 천장에 닿았다. 오래도록 배회하다가 꿈에서 깨어났다.

그 뒤로 20여 년이 흘러 내가 중국에 들어가 공작새 세 마리를 보았는데, 학보다는 작고 해오라기보다는 컸다. 꼬리는 두 자 여덟 치 정도 되고, 붉은 다리는 뱀의 허물 같으며, 검은 부리는 매처럼 굽었고, 온몸을 덮은 깃털은 불타는 듯 검붉고 금빛 찬란했다. 깃 끝에는 각각 한 개씩 금색 눈이 달려 있는데, 눈동자는 초록색이요 겹눈동자는 푸른색이며, 그 테두리는 자주색이고 그 바깥 테두리는 남색으로, 자개처럼 색이 변하고 무지개처럼 영롱하게 펼쳐졌다. 하여, 푸른 물총새라고 말하는 것도 잘못이요, 붉은 봉황새라고 말하는 것도 또한 잘못이다. 때때로 힘껏 날개를 움츠리면 거무룩했다가 곧바로 날개를 활짝 퍼뜨리면 찬란한 빛이 돌아왔다. 한순간 나래를 쳐 움직이면 푸른 빛으로 바뀌고 또 한순간 나래를 활짝 펴면 불꽃처럼 타오르니, 문채의 극치가 이보다 더 찬란할 수는 없다.

무릇 색[色]이 빛[光]을 낳고, 빛이 빛남[輝]을 낳으며, 빛남이 눈부심[耀]을 낳고, 눈부신 후에 환히 비치게[照] 되니, 환히 비친다는 것은 빛과 빛남이 색에 떠올라 눈에 가득 차는 것이다. 그러므로 글을 지으면서 종이와 먹을 떠나지 못한다면 제대로 된 말[雅言]이 아니며, 색을 논하면서 마음과 눈으로 미리 정한다면 제대로 본 것[正見]이 아니다.

3)

북경에 머물렀을 때 동남 지방 선비들과 날마다 단가포(段家舗)에서 술을 마시고 글을 논하였다. 나는 매번 '공작과 비슷하다'[似孔雀]는 말로 그들의 시와 문장을 품평하였다. 그 자리에 있던 태사(太史) 고역생(高棫生)이 놀리며 말하기를 "우리 손님의 이 얼굴은 선생님 댁의 어떤 새와 닮았는지요?"라고 하여 다들 크게 웃었다.

그후 5년이 지나, 중국에 다녀온 사람이 '공작관'(孔雀館)이란 글씨 석 자를 얻어 왔는데 전당(錢塘) 사람 조설범(趙雪帆)이 쓴 것이었다. 지난번 중국에 갔을 때 조설범과 한 번도 만난 적이 없거늘 어떤 사람으로부터 나에 관한 얘기를 듣고 만 리 밖에서 벗이 되고자 하는 뜻을 담아 보낸 것이다. 그렇지만 '관'(館)이란 개인의 집에 붙일 수 있는 이름이 아니다. 게다가 늘그막에 이른 지금까지 내게는 한 칸의 서재도 없으니, 도대체 어디다 그것을 걸겠는가.

이제 다행히 임금의 은혜를 입어 경치 좋기로 이름난 지역의 수령이 되었다. 시냇물 흐르고 대나무 숲 우거진 곳에서 지낸 지 4년, 관아로 집을 삼으니 헌 책이 담긴 해진 상자도 내 몸을 따라 항상 함께 붙어 다녔다. 장마가 끝나고 햇볕에 책을 말리다가 우연히 이 글씨를 찾아냈다. 아! 공작은 다시 볼 수 없으나 예전의 꿈을 되짚어 생각해 보니, 전생의 인연이 여기에 있었던 것은 아닌지 어찌 알겠는가. 드디어 '공작관' 글씨를 새겨서 용마루에 걸고, 아울러 이와 같이 기록한다. _ 「공작관기」(孔雀館記), 『연암집』 제1권

4-3. 연암이 하풍죽로당을 세운 까닭은?

1)

정당(正堂)의 서쪽 곁채는 다 쓰러져 가는 폐허의 창고이다. 여기에 마구간과 목욕간이 이어져 있고, 몇 걸음 지나서는 오물과 재를 버려 악취 나는 쓰레기 더미가 처마보다 더 높이 쌓여 있었다. 여기는 관아의 구석진 땅으로 온갖 더러운 것들이 모이는 곳이다. 봄이 막 시작되자 따스한 바람에 눈이 녹으면서 더이상 견딜 수가 없었다.

그래서 하인들에게 날마다 삼태기를 메고 쓰레기 더미를 긁어 담아 치우게 하니, 열흘이 지나 빈터가 만들어졌다. 가로는 이백오십 척에 이르고, 너비는 그 십분의 삼이었다. 잡목들을 베어내고 우거진 풀을 쳐내며 튀어나온 곳을 깎고 파인 곳을 메우며 마구간도 다 옮기니 땅이 시원하게 트였고, 좋은 나무들을 줄지어 심으니 벌레와 쥐가 멀리 숨어 버렸다. 이에 그 터를 반으로 나누어, 남쪽에는 연못을 만들고 북쪽에는 당(堂)을 지었다. 당은 폐허가 된 창고의 재목으로 지었다.

당은 동쪽을 바라보며 가로는 기둥이 넷, 세로는 기둥이 셋으로 마룻대를 상투처럼 모으고 지붕에는 호로병 모양의 장식을 얹었다. 가운데는 연실(燕室: 휴식을 위한 방)을 만들고 연이어 동방(洞房: 침실)을 만들었다. 앞쪽의 왼편과 옆쪽의 오른편으로 널찍한 마루를 훤하게 깔고, 누각을 높직하게 올리고, 거닐기 좋게 난간을 두르고, 밝게 햇살 드는 창을 트고, 바람 통하는 외단이문을 둥글게 놓았다.

굽이굽이 도랑을 파서 물을 끌어오고, 푸른 울타리를 이끼로 장식하며, 뜰에는 흰 돌을 깔았다. 도랑의 물들은 햇살이 뒤덮어 영롱한 띠처럼 흐르거나, 돌돌돌 그윽한 시냇물이 되거나, 세차게 부딪치며 뿜어대는 폭포수가 되어 남쪽의 연못으로 들어간다. 벽돌을 쌓아 난간을 만들어 연못의 두둑을 보호하고, 앞에는 긴 담장을 세워 바깥 뜰과 구분짓고, 가운데는 일각문(一角門: 양쪽에 기둥을 세워 문짝을 단 대문)을 만들어 정당과 통하게 하였다. 남쪽으로 더 꺾어 연못의 굽이진 곳까지 이어서 그 가운데에 무지개처럼 둥근 문을 만들어 연상각(烟湘閣)이란 작은 누각과 통하게 하였다.

2)

무릇 이 당의 뛰어난 경치는 담장에 있다. 어깨 높이 위로는 다시 기와 두 장을 합해 거꾸로 세우거나 옆으로 눕혀서 육각 모양을 만들기도 하고, 쌍고리처럼 이어 사슬 모양을 만들기도 했다. 기와 사이를 벌리면 노전(魯錢: 엽전)같이 되고 서로 이으면 설도전(薛濤牋: 당나라 때 여류시인 설도가 만든 붉은 빛깔의 크기가 작은 종이)처럼 되니, 매우 찬란하고 오묘했다.

담장 아래는 한 그루 홍도(紅桃)나무, 연못가에는 두 그루 오래된 살구나무, 누각 앞에는 한 그루 배나무, 집 뒤에는 수만 그루 푸른 대나무, 연못 안에는 수천 포기의 연꽃, 정원에는 열한 뿌리 파초, 밭에는 아홉 뿌리 인삼, 화분에는 한 그루 매화를 심어 두니, 이 당을 나가지 않아도 사계절의 변화를 모두 감상할 수 있다.

동산을 거닐며 수만 줄기 대나무에 영롱하게 맺힌 구슬을 마주할 때는 맑은 이슬 내린 새벽이다. 난간에 기대어 수천 줄기 연꽃들이 보내는 향기를 음미할 때는 햇살이 부드럽고 바람이 시원한 아침이다. 가슴이 답답하고 정신이 산란하여 탕건이 점차 숙여지고 눈꺼풀이 무겁게 내려 앉다가 파초 잎 투둑거리는 소리에 정신이 번쩍 깨어날 때는 한줄기 소낙비가 시원하게 쏟아지는 한낮이다. 아름다운 손님과 함께 누대에 올라 아름다운 나무들이 자랑하는 정결함을 즐길 때는 비가 갠 날의 달 밝은 저녁이다. 주인이 휘장을 내리고 매화와 함께 여위어 가는 때는 싸락눈 소리 없이 내리는 한밤이다.

이는 또 각 계절에 어울리게 사물을 짝짓고 하루 동안에 각 사물의 경물이 가장 좋은 때를 드러낸 것이다. 그렇지만 저 백성들이 이 즐거움을 함께하지 못한다면, 이는 태수가 이 당을 지은 뜻에 어긋나는 것이리라.

아! 훗날 이 당에 거처하는 이가 아침에 연꽃[荷]이 활짝 피어 향기가 멀리까지 퍼지는 것을 보면 훈훈한 바람[風]같이 은혜를 베풀고, 새벽 대나무[竹]에 이슬이 스며들어 고르게 젖는 것을 보면 이슬[露]같이 두루 선정을 베풀어야 하리라. 이것이 내가 이 당을 '하풍죽로당'(荷風竹露堂)이라 이름 지은 까닭이니, 이로써 뒤에 올 이를 기다리는 바이다. _「하풍죽로당기」(荷風竹露堂記), 『연암집』 제1권

4-4. 신선 놀음도 친구가 있어야!

1)

정아(正衙: 수령이 정무 보는 건물) 서남쪽 백 리 밖에 푸른 장막이 드리운 듯한 것이 곧 호남과 영남의 아홉 고을에 걸쳐 웅장하게 서려 있는 산이니, 이름하여 지리산이라 합니다. 『황여고』(皇輿攷: 명나라 신종 때 장천복이 편찬한 지리서)에서 일컬은 바, 천하에 신선이 사는 산이 여덟 있는데, 그중 셋은 외국에 있다고 하였지요. 어떤 이는 "풍악산(楓嶽山 : 금강산)은 봉래산(蓬萊山)이요, 한라산은 영주산(瀛洲山)이요, 지리산은 방장산(方丈山)이다"라고 말했지요. 진(秦)나라 때 방사(方士)가 말한 바, "삼신산(三神山)에 불사약이 있다"*라고 하였으니 이것이 곧 후대의 인삼입니다.

* 방사(方士) 서불(徐市)이 진시황(秦始皇)에게 동쪽 바다 건너에 불로초가 있다는 글을 올리고, 자신이 그것을 구해 오겠다고 동남 동녀(童男童女) 3천 명을 거느리고 바다로 들어갔으나 돌아 오지 않은 일을 말한다.

한 줄기에 나뭇가지가 셋으로 갈라지고, 그 열매는 화제(火齊: 보석의 일종으로 유리라는 설도 있음) 같고 그 모습은 어린아이와 같습니다. 옛날에는 '인삼'이라는 이름이 없었기 때문에 불사약이라 일컬어, 오래 살기를 탐하는 어리석은 천자를 현혹시켜 속인 것이지요.

지금 돈 수백 냥을 내어 산에서 캐다가 뒤편 채마밭에서 길렀는데, 얼마 지나지 않아 갑자기 망양증(亡陽症)*을 앓게 되어 거의 다 캐 먹었습니다. 맛은 몹시 쓰고 향기가 오래 남으나, 실은 늘상 먹는 당귀나 죽순채(竹筍菜)만 못하더군요. 그러나 인삼 석 냥을 복용하자 여러 달 동안 목욕하듯 흐르던 식은땀이 멈췄습니다. 사람을 절대 죽지 않게 만든다고 할 수는 없지만, 역시 사람을 홀리는 요사스러운 풀임에는 틀림없습니다.

매일 방장산(方丈山: 지리산)을 마주하노라면, 그 푸른 장막을 드리운 것이 어느덧 변하여 푸른 돌빛이 되고, 또 잠깐 사이 홀연히 파란 쪽빛이 되지요. 석양이 번지는 즈음 그 색이 또 변하여 반짝이는 은빛이 되었다가, 황금색 구름과 수은색 안개가 산허리를 띠처럼 가로지르다가 수만 송이 연꽃으로 변하니 그 나부끼는 모

* 몸의 양기가 다 빠져 없어지는 병. 허탈증이 생기며 몸에 땀이 많이 나거나 땀이 좀처럼 나지 않는 두 가지 경우가 있음.

습이 마치 깃발이 펄럭이는 것 같습니다. 신선이나 은군자(隱君子)가 무거(霧裾 : 안개처럼 가벼운 비단 옷깃)를 풀어 헤치고 하대(霞帶 : 노을처럼 가벼운 허리띠)를 휘날리면서, 맵시 있고 단아하게 그 사이에서 출몰하는 것은 아닐까 상상한 적도 있습니다.

2)

나는 아팽(阿彭 : 시종하던 나이 어린 사람의 애칭 혹은 둘째아들 박종채의 아명)를 돌아보며 말했습니다.

> 지금 내가 복용한 인삼 한 줄기가 과연 사람을 죽지 않게 하여, 가벼운 몸으로 멀리 날아 삼신산을 구름처럼 노닌다 해도, 만일 식구들을 거느리지 않고 또 친구들도 함께하지 않는다면 좋은 정취가 무슨 소용이 있겠느냐. 잠깐 안기생(安期生)이나 적송자(赤松子)†를 만났다 할지라도, 인간 세상에서 도끼 자루 썩는 시간‡이 신선 세상의 하루에 불과할 테니

† 안기생은 진나라 때 사람으로 신선술을 배워 장수했다고 한다. 천세옹(千歲翁)이라 불린다. 적송자는 중국 고대 전설 속의 신선이다.

‡ 진(晉)나라 때 왕질(王質)이란 사람이 산에서 나무를 하다가 동자(童子)들이 바둑 두는 것을 잠깐 구경했는데 그 사이에 도끼 자루가 다 썩어 버렸다. 집에 돌아오니 자기와 알던 사람들은 모두 죽어 아무도 없었다고 한다.

그곳의 세월은 또 얼마나 빠른 것이냐. 하루 동안 먹는 음식이 화조(火棗)나 영지(靈芝)라 할지라도 어찌 여기서 먹는 배[氷梨]나 홍시만 하겠느냐. 설령 진짜로 안기생과 적송자를 만나서 『황정경』(黃庭經: 도가의 경전)과 『녹자』(綠字: 인간 세상의 길흉화복을 예언한 책)를 강독할지라도 또한 어찌 이 세상의 현담(玄談: 멀고 깊은 이치에 관한 이야기)과 묘게(妙偈: 오묘한 이치를 담은 게송)만 하겠느냐.

설령 속세를 벗어나 담소(談笑)를 나누는 것이 혹 즐거울 수 있을지라도, 그렇게 담소하는 동안 인간 세상에서는 그 자손이 이미 십대(十代)가 지났을 테지. 인자하고 애틋한 마음이 없을 수 없으니, 바람을 타고 돌아와서 그 자손들에게 "내가 너희들의 10대조이니라" 하고 말한다면, 버럭하고 크게 성내며 지팡이를 들고 쫓아오지 않는 자가 없을 것이야. 그러니 진시황과 한무제로 하여금 일찍이 이런 이치를 깨닫게 했더라면, 어찌 부귀를 버리고 참 즐거움을 포기한 뒤 기꺼이 메마르고 궁핍한 생활을 택하여 적막함을 달게 여기며, 만승(萬乘) 천자의 존엄을 집어던지고 무하유지향(無何有之鄕)*에 몸을 깃들려고 했겠느냐.

만일 그대가 이로 인해 흥이 인다면 이곳에 찾아오기를 바랍니다. 동산에 가득한 죽순을 데쳐 먹고, 냇물에 떼 지어 다니는 은어를 잡아 회로 먹으며, 맑은 연못 굽이진 물에 술잔을 띄워 흘려보내면, 진(晉)나라 제현(諸賢)의 풍류에 못지않을 것입니다. 계축년의 수계(修禊)[†]를 저버리지 않는다면 참으로 즐거움을 누릴 수 있으리다. _「어떤 이에게 보냄」(與人), 『연암집』 제3권

* 『장자』「소요유」편에 나오는 말. 그 어디에도 없는 곳, 혹은 그 어떤 것도 없는 벌판, 얽매일 것이 없는 곳을 의미한다. 유유자적 자유로운 삶을 뜻한다.

† 진나라 때 왕희지(王羲之)는 회계(會稽)의 산음현(山陰縣)에 살면서 난정(蘭亭)을 지었는데, 이곳에서 계축년(353) 3월 3일 명사들을 초청하여 수계(修禊)하고 곡수연(曲水宴)을 벌였다고 전해진다. 곡수연은 굽이져 흐르는 물에 술잔을 띄워놓고 벌이는 잔치이다. 수계는 옛날 중국에서 3월의 첫번째 사일(巳日)에 냇가에서 몸을 씻는 풍속으로, 수계를 하면 그해의 액운을 면할 수 있다고 한다.

4-5. 혼자 즐기기보다 여럿이 함께 즐기기 바라오!

천하 사람들과 함께 즐기면 넉넉하지만 자기 혼자 즐기면 부족하다. 옛날에 요 임금이 강구(康衢)에서 노닐 때*에는 화평(和平)하여 천하 사람과 함께 즐긴다고 말할 만했다. 그런데 화봉인(華封人)의 축원을 사양할 때†에는 근심과 슬픔으로 가슴이 두근거려 하룻저녁도 넘기지 못할 것처럼 탄식하였다.

아, 화봉인의 세 가지 축원은 인생에서 갖추어야 할 큰 소원이며, 천하의 지극한 즐거움을 다 말한 것이라 할 수 있다. 그렇지

* 요 임금이 천하를 다스린 지 50년이 되어 천하가 잘 다스려지는지 궁금하여 사람들이 많이 다니는 강구(康衢)로 나가 어린애들이 부르는 노래를 들어 보니, "우리 백성들을 먹여 살리는 것이 그대의 지극한 덕이 아님이 없어, 깨닫지 못하는 사이에 임금의 법칙에 순종하네"(立我蒸民 莫非爾極 不識不知 順帝之則)라고 하였다. 요 임금이 이 노래를 듣고 기뻐하였다고 한다.

† 화봉인은 화(華) 땅을 지키는 사람으로, 어느 날 요 임금을 만나 장수를 누리고, 부유하게 되고, 많은 아들을 낳을 것을 축원했다고 한다. 이에 요 임금은 '아들이 많으면 걱정이 많고, 부자가 되면 해야 할 일이 많고, 장수하면 욕되는 일이 많다'고 경계하며 이 축원을 사양했다고 한다.

만 어찌 요 임금이 이 말에 기뻐하면서도 겸손을 가장하고 사양하는 척한 것이겠는가. 진실로 자신에게 근심되는 바가 있고 혼자 다 차지하는 것을 재앙으로 여겼기 때문이다.

지금 한 망령된 남자가 야단스럽게 사람들에게 외치기를 "나는 독락(獨樂)할 수 있다"라고 한다면 어떤 사람이 그 말을 그대로 믿겠는가. 그럼에도 자기 서재를 이름하여 '독락'이라 한다면 더더욱 미욱하고 또 의심스런 행동이 아니겠는가.

아, 인정으로 보아 어느 누가 흔쾌히 마음으로 즐기면서 생을 마치고 싶지 않겠는가. 그러나 천자의 존귀함과 사해의 부유함을 갖추었으면서도 항상 매일의 즐거움을 구하는 데 급급하여 마음에 흡족하고 자신에게 만족하는 경우란 거의 없다. 그렇다면 빈천하여 그 근심을 이기지 못하는 필부의 경우는 어떠하겠는가. 이에는 다른 이유가 없다. 좋음과 싫음이 외물에 좌우되고 이해득실의 계산이 마음속에 교차하며, 속으로 아득바득 구하고 항상 정신을 다 쏟아도 부족함을 느끼니 어느 겨를에 즐거움에 뜻을 두겠는가.

그러므로 안으로 스스로 만족하고 밖으로 기대함이 없어야만 비로소 함께 즐거움을 이야기할 수 있는 것이니, 표절하고 답습한다고 얻을 수 있는 것이 아니다. 어찌 억지로 힘쓴다고 이룰 수 있겠는가. 그러나 천지에 가득한 원기(元氣)를 품고 하늘의 강건(剛健)함을 본받아 쉬지 않으면* 굽어보고 우러러봐도 부끄러움이 없고 홀로 선다 할지라도 두렵지 않다.† 그와 같은 이치가 틀림없이 합당함을 아는 것은 오직 지극한 정성[至誠]을 통해서일 뿐이니, 아비가 자식에게 전할 수 없고, 자식이 아비에게서 얻을 수 없는 것이다.

요 임금은 이것으로써 천하를 다스렸고, 순 임금은 이것으로써 어버이를 섬겼고, 우 임금은 이것으로써 홍수와 구주를 다스렸고, 비간(比干)은 이것으로써 임금을 섬겼고, 굴원(屈原)은 이것으로써 시속을 근심하였다. 장저(長沮)와 걸닉(桀溺)은 들에서 나란히 밭을 갈았으며, 유영(劉伶)과 완적(阮籍)의 무리들은 죽을 때까지 술을 마셨으니, 비록 각자의 본성은 같지 않지만 또한 지극한 즐거움이 그 속에 담겨 있었다.

이 몇몇 군자들이 진실로 한 터럭만큼도 만족하지 못하고 마치 일 때문에 사지(四肢)가 고달픈 듯이 여겼다면, 요 임금은 아

* 『주역』 건괘(乾卦)에서 가져온 말이다. 하늘을 상징하는 건괘의 상전(象傳)에 "하늘의 운행은 꾸준하니 군자는 이를 본받아 스스로 힘쓰며 쉬지 않는다"(天行健, 君子以自彊不息)라고 하였고, 문언전(文言傳)에도 "위대하도다, 건(乾)이여! 강건(剛健)하고 중정(中正)하며 지극히 순수하도다"(大哉乾乎 剛健中正 純粹精也)라고 하였다.

† 『맹자』의 「진심 상」(盡心上) 장에서 나오는 군자의 세 가지 즐거움 중 하나를 말한다. "우러러 하늘에 부끄러움이 없고, 굽어보아 사람에게 부끄러움이 없는 것"(仰不愧於天 俯不怍於人)을 들고 있다.

흔 살 넘어 백 살에 이르기도 전에 정사를 게을리했을 것이요, 순 임금은 거문고 타기를 게을리했을 것이요, 우 임금은 국(檋: 산을 탈 때 신는 나막신으로 바닥에 뾰족한 못을 박음)을 타기에 지쳤을 것이요, 비간은 심장을 도려내는 형벌을 받지 않았을 것이요, 굴원은 물에 빠져 죽지 않았을 것이요, 장저와 걸닉은 밭 가는 일에 편안하지 않았을 것이다. 무릇 천하의 이로움과 해로움, 영예와 치욕이 모두 그 마음을 동요시켜 평소의 행동을 어지럽혔을 것이다. 그러므로 자신의 본성대로 행하여 스스로에 전념할 수 있다면 술을 마시면서도 죽을 때까지 즐거울 수 있으니, 하물며 바람이 통하는 들창 아래서 고요히 책상에 앉아 낮이나 밤이나 글을 읽는 데 게으르지 않는 이는 어떠하겠는가.

최씨(崔氏)의 자제 진겸(鎭謙)이 하계(霞溪)가에 서재를 짓고 뜻을 함께하는 선비 몇 명과 이 서재에서 글을 읽으면서 이름을 독락당(獨樂堂)이라 하였다. 이렇게 이름 붙인 까닭은 옛사람의 도에 뜻을 두었기 때문이다. 나는 그 뜻을 귀하게 여겨 이와 같이 기를 짓고, 그가 이 일에 더욱 전념하여 그의 독락(獨樂)을 중락(衆樂)으로 바꾸기를 바란다. 이는 내가 그 즐거움을 천하 사람에게 넓히고자 하기 때문이다. _「독락재기」(獨樂齋記), 『연암집』 제1권

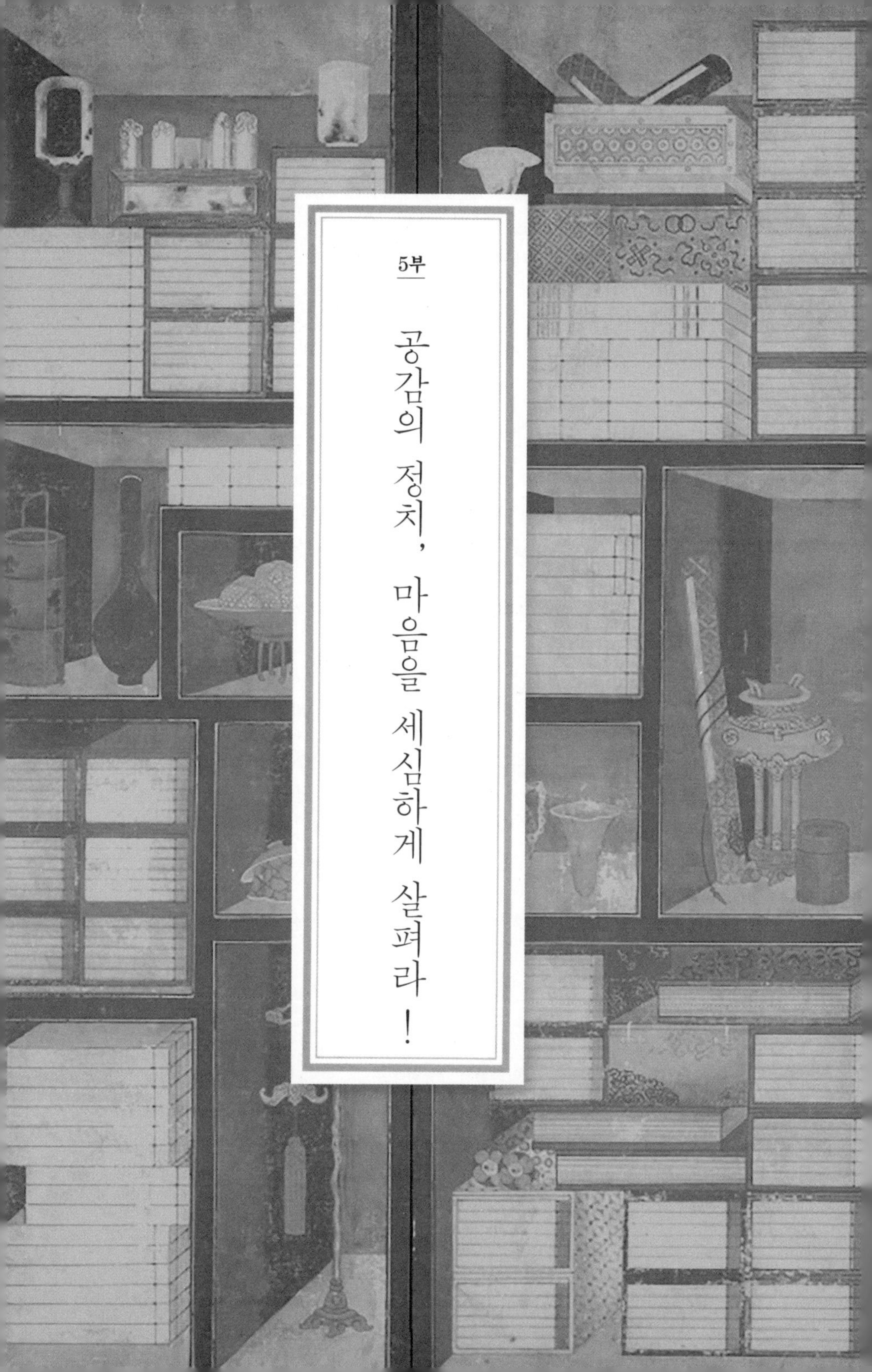

5부

공감의 정치, 마음을 세심하게 살펴라!

5-1. 과부의 닳고 닳은 엽전에 숨겨진 사연

1)

제(齊)나라 사람이 말하기를, "열녀는 지아비를 바꾸지 않는다"(烈女不更二夫)라고 하였으니, 이를테면 『시경』「용풍」(鄘風) '백주'(柏舟)*가 바로 이에 대한 노래이다. 그런데 『경국대전』(經國大典)에 "개가(改嫁)한 여자의 자손은 정직(正職: 문반·무반의 정식 벼슬)에는 서용(敍用)하지 말라"고 하였으니, 이것이 어찌 일반 백성과 무지한 서민들을 위하여 만들어 놓은 것이겠는가.

우리 왕조 400년 동안 백성들이 오래 교화에 다스려져, 여자는 귀하든 천하든, 또 그 일족이 미천하든 현달했든 상관없이 과부로 수절하지 않는 이가 없어 마침내는 이로써 풍속을 이루었

* 위(衛)나라 세자 공백(共伯)이 일찍 죽자 그의 아내인 공강(共姜)이 절개를 지키려 했으나, 그녀의 부모가 이를 막고 재가를 시키려 했다. '백주'는 공강이 부모에게 자신이 수절하겠다는 의지를 밝혀 노래한 시이다.

다. 그리하여 옛날에 칭송받던 열녀는 오늘날 어디에나 있는 과부들이다.

심지어 농가의 어린 아낙이나 여염의 젊은 과부와 같은 경우는 친정 부모가 과부의 마음을 헤아리지 못한 채 개가하라고 핍박하지도 않고, 자손이 정직에 서용되지 못하는 수치를 당하는 것도 아니건만, 과부로 개가하지 않는 것만으로는 절개가 되기에 부족하다 생각하여, 왕왕 한낮의 촛불처럼 무의미한 목숨을 스스로 끝내 버리고 남편의 무덤에서 따라 죽기를 빈다. 그리하여 물에 빠져 죽거나 불에 타 죽거나 독약을 먹고 죽거나 목매달아 죽기를 마치 즐겁게 살 수 있는 곳을 밟듯이 하니, 열녀는 열녀지만 어찌 지나치지 않은가?

2)

옛날 요직을 맡고 있는 벼슬아치 형제가 있었다. 어떤 사람의 청환(淸宦: 학식·문벌이 높은 사람에게 시키던 벼슬)을 막으려 하면서 어머니 앞에서 의논하였다. 어머니가 물었다.

"무슨 잘못이 있기에 막으려 하느냐?"

아들들이 대답했다.

"그 윗대에 과부된 이가 있는데 외부에서의 평판이 몹시 시끄럽기 때문입니다."

어머니가 깜짝 놀라며 물었다.

"규방의 일인데 어떻게 안단 말이냐?"

아들들이 대답했다.

"풍문(風聞)에 의한 것입니다."

어머니는 말하였다.

"바람이란 소리는 있으나 형체는 없다. 눈으로 보려 해도 볼 수 없고, 손으로 잡으려 해도 잡을 수 없으며, 허공을 따라 일어나서 만물을 들뜨게 하는 것이다. 어찌하여 실체 없는 일을 가지고 들뜬 가운데서 사람을 논하려 하느냐? 게다가 너희는 과부의 자식이다. 과부의 자식이 과부를 논할 수 있단 말이냐? 앉거라. 내 너희에게 보여 줄 게 있다."

어머니는 품에서 엽전 한 닢을 꺼내며 말하였다.

"이것에 테두리가 있느냐?"

"없습니다."

"이것에 글자가 있느냐?"

"없습니다."

어머니는 눈물을 흘리며 말하였다.

"이것은 네 어미에게 죽음을 참게 해준 부적이다. 10년을 손으로 만졌더니 다 닳아 버렸구나. 무릇 사람의 혈기는 음양에 뿌리를 두고, 정욕은 혈기에 모이며, 그리워하는 마음은 고독한 데서 생겨나고, 슬픔은 그리워하는 마음에서 나오는 것이란다. 과부는 외롭고 쓸쓸한 처지에 놓여 아픔과 서러움이 지극한 사람이다. 혈기가 때때로 왕성해지면 어찌 과부라고 해서 감정이 없겠느냐?

희미한 등잔불에 제 그림자 위로하며 홀로 지새는 밤은 날도 더디 밝더구나. 이에 더해 처마에 빗물 맺혀 똑똑 떨어질 때, 창가에 달빛이 하얗게 흘러들 때, 마당에 낙엽 하나 나부낄 때, 하늘에 외기러기 길게 울고 갈 때, 멀리 닭 울음소리도 들리지 않는데 어린 종년 세상 모르게 코를 골 때, 몸을 뒤척이며 잠 못 이루니 이 고충을 누구에게 호소하겠느냐.

그때마다 나는 이 엽전을 꺼내 이리저리 굴렸단다. 온 방을 문지르며 다니는데 둥근 것이라 잘 달려가도 턱진 곳을 만나면 멈춰서더라. 내 찾아서 다시 굴리는데 밤마다 늘상 대여섯 번을 굴리면 먼동이 트더구나. 10년 사이에 해마다 그 횟수가 줄어들어서 10년이 지난 이후에는 닷새에 한 번 굴리기도 하고, 열흘에 한 번 굴리기도 했는데, 혈기가 쇠약해진 뒤로 내 다시는 이 엽전을 굴리지 않게 되었단다. 그럼에도 내가 이것을 열 겹이나 싸서 20여 년 동안이나 간직한 이유는 엽전의 공로를 잊지 않고 때로는 스스로를 경계하기 위해서였단다."

말을 마치자 모자는 서로 붙들고 울었다.

군자들은 이 이야기를 듣고서 말했다.

"이야말로 열녀라고 이를 만하다."

아! 군은 절개와 맑은 행실이 이와 같은데도 당시 세상에 알려지지 않고 이름이 묻혀 전해지지 않은 것은 무엇 때문인가? 과부가 의리를 지켜 개가하지 않는 것이 온 나라의 상법(常法: 정해져서 변하지 않는 법)이 되었으므로, 한번 죽지 않고서는 과부의 집안에서 남다른 절개를 보일 길이 없기 때문이다. _「열녀 함양 박씨전 병서」(烈女咸陽朴氏傳幷序), 『연암집』 제1권

5-2. 함양의 박씨 여인이 죽은 까닭은?

1)

내가 안의(安義)에서 현감으로 일을 한 이듬해 계축년(1793, 정조 17) 모월 모일이다. 막 동이 틀 무렵 내가 잠에서 덜 깨었을 때 관청마루 앞에서 몇 사람이 가만가만 낮은 목소리로 소곤거리다가 또 비통해하며 탄식하는 소리를 들었다. 급히 알릴 일이 있는데, 내 잠을 깨울까 두려워하는 듯했다. 그래서 내가 목소리를 높여, 닭이 울었는지를 물었다. 좌우에서 대답하기를 "이미 서너 마리가 울었습니다"라고 하였다. "밖에 무슨 일이 있느냐"고 하자 대답하여 말했다.

"통인(通引) 박상효(朴相孝) 형의 여식으로 함양(咸陽)에 시집와서 일찍 과부된 이가 그 남편의 삼년상을 마치고 약을 먹어 숨이 끊어지려 하니, 와서 구해 달라는 급보가 왔습니다. 그런데 박상효가 숙직 당번이라 감히 제 맘대로 가지는 못하고 황망히 어찌할 줄 모르고 있습니다."

나는 빨리 가 보라고 명하였다. 해질 무렵 '함양의 과부가 소생했는지' 물었더니, 좌우에서 '이미 죽었다는 소식이 왔다'고 대답했다. 나는 길게 탄식하며 말했다.

"열녀로구나. 그 사람이여!"

여러 아전들을 불러 놓고 물었다.

"함양에 열녀가 났는데, 본래 안의 출신이라니 그 여자의 나이가 몇 살이며, 함양의 어느 집에 시집갔으며, 어려서부터 의지와 행실은 어떠했는지 너희들 중에 아는 자가 있느냐?"

그러자 여러 아전들이 한숨지으며 나아와 아뢰었다.

"박녀(朴女)의 집안은 대대로 이 고을 아전입니다. 그 아비 이름은 상일(相一)로 일찍 죽었고 이 외동딸만 남았습니다. 어미 역시 일찍 죽어서 어려서부터 조부모 밑에서 자랐으나 자식된 도리를 다하였습니다.

열아홉 살이 되자 시집을 가서 함양 임술증(林述曾)의 처가 되었는데, 그 시댁 역시 대대로 그 고을 아전입니다. 술증이 본디 병약하여 한 번 초례(醮禮)를 치르고 돌아간 지 반년이 채 못 되어 죽었습니다. 박녀는 남편상을 치르면서 예(禮)를 극진히 하였고, 시부모를 섬김에 며느리의 도리를 다해 두 고을의 친척과 이웃들이 그 어짊을 칭찬하지 않는 이가 없었습니다. 오늘 이러한 일을 보니 과연 그 말이 맞습니다."

어느 늙은 아전이 감개하여 말하였다.

"박녀가 시집가기 몇 달 전에 '술증의 병이 이미 골수에 들어 사람 도리 할 가망이 만무(萬無)하다 하는데 어찌 혼인 약속을 물리지 않느냐'는 말이 있었습니다. 조부모가 넌지시 박녀에게 알려 주었으나 박녀는 묵묵히 대답하지 않았습니다.

혼인 날짜가 임박하자 여자의 집에서 사람을 시켜 술증의 상태를 엿보게 하였습니다. 술증이 비록 용모는 아름다우나 폐결핵을 앓고 또 기침하며 버섯이 서 있는 듯하고 그림자가 걸어 다니는 것 같았으므로, 집안에서는 모두 크게 두려워하여 다른 중매쟁이를 부르려고 하였습니다. 그러자 박녀가 몸가짐을 가다듬으며 말하기를 '지난번 바느질한 옷들은 누구의 몸에 맞춘 것이며, 또 누구의 옷이라 불렀던 것입니까? 저는 처음 지은 옷을 지키기를 원합니다' 하기에 집안에서는 그 뜻을 알고 마침내 정해진 기일에 사위를 맞이했습니다. 비록 명색은 혼례식을 치렀으나 실제로는 쓸쓸히 옷만 지켰다고 합니다."

2)

얼마 후 함양 군수 윤광석(尹光碩) 원님이 밤에 이상한 꿈을 꾸고 공감하는 바가 있어 열부전(烈婦傳)을 지었고, 산청 현감 이면제(李勉齊) 원님도 박녀를 위해 전(傳)을 지었으며, 거창의 신돈항

(愼敦恒)은 후세에 훌륭한 글을 남기고자 하는 선비였는데, 박녀를 위하여 그 절의의 전말을 찬술하였다.

생각하면 박녀의 마음이 어찌 이렇지 않았으랴! 약령(弱齡: 20대의 젊은 나이)의 어린 과부가 오래 세상에 남아 있으면 길이 친척들이 불쌍히 여기는 신세가 되고, 동리 사람들이 함부로 추측하는 대상에서 벗어나지 못하니 속히 이 몸이 없어지는 것이 최선이라고 여겨 죽었으리라.

아! 상복을 입고도 죽음을 참은 것은 장사 지내는 일이 남아 있었기 때문이요, 장사를 지내고도 죽음을 참은 것은 소상(小祥)이 있었기 때문이요, 소상을 지내고도 죽음을 참은 것은 대상(大祥)이 있었기 때문이다. 대상을 마쳤으니 장례식 절차가 다 끝난 것이요, 한날한시에 따라 죽어 마침내 처음 뜻을 이루었으니 어찌 열녀라 아니할 수 있겠는가. _「열녀 함양박씨전 병서」(烈女咸陽朴氏傳幷序), 『연암집』 제1권

5-3. 젖먹이 어미의 마음으로 도망노비 문제를 건의하다!

1)

저는 젊었을 때 마음에 병이 있었습니다. 어느 날 갑자기 한밤에 일어나 좌불안석 몸 둘 곳을 몰랐습니다. 온 세상의 부인들이 처음 아이를 해산한 직후 너무 지쳐 혼미한 상태로 만에 하나 자기도 모르게 잠이 들어 젖가슴이 아이의 입을 막아 질식하면 어쩌나 걱정이 되었기 때문입니다.

그런데 지금 백발의 늙은이로 한 고을의 원님이 되어 5,000호의 뭇 지아비 지어미를 기르게 되니, 이들은 맹자(孟子)가 말한 바 '적자'(赤子)요, 노자(老子)가 일컬은 바 '영아'(嬰兒)에 다름 아닙니다. 영아는 화가 나면 손으로 제 머리칼을 쥐어뜯고, 울음을 터뜨리면 누워 발버둥을 칩니다. 다른 사람들이 온갖 방법으로 어르고 달래지만 그 옹알대는 소리가 무슨 말이며 가리키는 바가 어디에 있는지 환히 꿰뚫지 못합니다. 그러나 자애로운 어미만은 그 하나하나 이해하고 미세한 부분까지 탐지하여 아이의 뜻을 맞힙니다. 이에, 처음 해산한 어미는 자나 깨나 생각이 온통 젖을 먹이는 데에 있기 때문에 소리도 없고 냄새도 나지 않는 속에서도 묵묵히 아기에게 귀 기울이며 꿈속에서조차 가만히 아이를 주시하고 있음을 비로소 알았습니다. 지극한 정성이 아니라면 가능한 일이겠습니까?

2)

저 스스로 생각하기를, 신임 원님의 첫 솜씨치고 심하게 얽힌 허물은 없다고 여겼습니다. 그런데 시노(寺奴: 관청 소속 공노비) 300호에 이르러서는 생각하고 생각할수록 배가 끓어오르고 등이 후끈거려 30년 전에 겪은 마음병이 다시 일어나고 있습니다.

일찍이 들으니, 노비를 추가로 찾아내어 정해진 인원수를 채울 때에 단지 두목(頭目: 관청 노비를 통솔하는 두목 노비로, 노비 10명 당 한 명이 두목) 노비가 밀봉해서 바치는 공초(供招: 죄인이 범죄사실을 진술한 말)에만 의거하는데, 두목이 추가로 찾아내는 노비들은 모두 외손의 외손들이며 그 노비에게 보증을 서 준 사람 또한 모두 외가의 외가라고 합니다. 대대로 벼슬한 집안들도 팔세보(八世譜)를 제작하는 경우는 드물다고 하니, 대개 씨족이 자주 바뀌고 근거가 상세하지 못하기 때문입니다. 하물며 시골 마을의 우매한 백성들이야 대부분 아비의 이름도 기억하지 못하는

데 어떻게 외가 쪽으로 뻗어 나간 집안의 근원까지 알 수 있겠습니까. 이런 정도의 친척 관계는 사대부 집안이라 할지라도 말 위에서 한 번 읍(揖)하는 정도로 충분한데, 죽을 때까지 여기에 묶여 집안이 기울고 파산하는 지경에 이른다면 즐거워할 사람이 어디 있겠습니까.

정말로 이 무리들이 이 고을에서 대를 이어 살았다면 사실인지 아닌지 명단을 조사해서 검열하는 것이 그래도 말이 됩니다. 그러나 다른 고장으로 종적을 감춘 채 몰래 공포(貢布: 지방에 거주하는 공노비가 노역을 대신하여 나라에 바치는 포)를 바치는 데다, 일찍이 본명을 바꿔 그 생사여부도 정확하지 않으니, 장부를 점검하여 끝까지 조사하려 해도 상황이 그럴 수 없는 지경입니다. 혹 죽은 자가 다시 살아나고, 계집이 사내로 바뀌고, 시집을 간 적이 없는데 그 소생을 따지고, 가짜로 이름을 만들었는데 진짜로 몸을 드러내라고 독촉합니다. 두목이 당도하는 곳마다 사람들을 유인하고 협박하니 이를 빌미로 농간을 부리게 됨은 형세상 피할 수 없는 일입니다.

3)

이런 폐단은 백골징포(白骨徵布)나 황구첨정(黃口簽丁)*보다 더 심하지만 억울함을 드러내지도 못합니다. 고통이 뼈에 사무쳐도 사정이 드러날까 두려워 남모르게 뇌물을 바치고 이웃에게도 자신의 신분을 감춥니다. 이른바 '동무 몰래 양식 낸다', '병 숨기고 약 구한다', '가려운 데는 안 가리키고 다른 사람보고 알아서 긁어 달란다'는 등의 속담과 다를 바 없습니다. 이 어찌 절박하고 부득이하며 지극히 난처한 사정이 그 사이에 존재하는 것이 아니겠습니까.

그렇기 때문에 노비안(奴婢案)에 조금이라도 관련이 있기만 하면 딸 다섯을 두었더라도 사위로 들어오겠다는 사람이 하나도 없어, 머리가 하얗도록 생과부로 한을 품은 채 일생을 마칩니다. 그 감정이 천지 음양의 화기(和氣)를 손상하니 마땅히 또 어떠해야 하겠습니까. 수령이 이 문제로 죄를 받은 경우가 전후로 종종 있었지만 이것까지 살피지는 않더라도, 다만 국가를 위하여 천지의 화기를 맞아들이고 임금의 은택을 널리 베풀려면 하루 속히 이 폐단을 바로잡지 않을 수 없습니다.

지금 저는 단지 안의(安義) 한 고을만 유독 심하다고 말하는 것이 아닙니다. 이 고을이 이와 같다면 다른 고을도 알 만하며, 한

* 백골징포(白骨徵布)는 조선 시대 죽은 사람을 살아 있는 것처럼 등록해 놓고 강제로 군포(軍布)를 징수하던 일이고, 황구첨정(黃口簽丁)은 다섯 살 미만의 사내아이를 군적(軍籍)에 올려 군포를 징수하던 일이다.

도(道)가 이와 같다면 팔도는 어떨지 상상할 수 있습니다. 명공(明公)께서는 관찰사로 들어가 다스리다가 정승의 자리에 새로 올랐으니 당연히 이 일을 목격하신바, 그 폐단의 근원을 아마도 깊이 성찰하셨을 것입니다. 임금을 경연(經筵)에서 알현할 때 처음 올리는 진언(陳言)으로 이보다 중요한 사안은 없을 것입니다.

구구한 생각이지만 삼가 천하의 근심을 남보다 먼저 근심해 주시기를 깊이 바라는 바입니다. 아무개는 두 번 절하고 올립니다. _「삼종질(三從姪) 종악(宗岳)이 정승에 제수됨을 축하하고 이어 시노(寺奴) 문제를 논한 편지」(賀三從姪[宗岳]拜相因論寺奴書), 『연암집』 제2권

5-4. 서얼의 벼슬길을 허하소서!

1) 서얼 차별은 다만 습속일 뿐

아! 우리 왕조가 서얼의 벼슬길을 막은 지 300여 년이 되었습니다. 폐단이 큰 정책으로 이보다 심한 것이 없습니다. 옛날을 상고해도 그러한 법이 없고, 예법과 형률을 검토해도 근거가 없습니다. 건국 초기에 간사하고 속 좁은 신하들이 기회를 틈타 분풀이를 한 것이 단번에 큰 예법으로 정해지고, 후대에 요직에 있는 신하들이 공론에 붙임으로써 명성이 높아지자 오류를 답습하여 습속을 이루었고, 세대가 차츰 멀어지면서 구습을 따라 개혁을 하지 못했던 것입니다.

이로 말미암아 조정에서는 오로지 문벌만을 숭상하여 인재를 버려 둔다는 탄식을 일으켰고, 사가(私家)에서는 적통만을 엄격히 지켜 마침내 인륜을 무너뜨리는 단서가 되고 말았습니다. 그 때문에 지족(支族: 갈라져 나온 혈족)에게서 양자를 데려오니 크게는 임금을 속이는 죄를 범하는 것이요, 결과적으로는 외척을 더 중시하여 도리어 종법의 의리를 경시하는 것이 되었습니다.

아! 적자와 서자 사이에 엄격히 차등을 둔다 해도 나라의 체통에는 보탬이 되지 않으며, 구별이 너무 각박하여 가족 간에 은애가 적어집니다. 자기 집안의 서얼이야 비천하게 여길 수 있지만 온 세상에서 배척받을 이유는 없으며, 한 문중의 명분은 엄히 지킬 수 있지만 온 조정에서 논할 필요는 없는 것입니다. 그런데도 명분을 논하는 데 집착하다 보니 벼슬길을 막는 법은 더욱 심해지고, 조종(祖宗)의 제도라는 핑계를 대다 보니 신속하게 고치기는 더욱 어려워졌습니다. 지금까지 헛되이 시간만 보내면서 습속을 따를 뿐 개혁하지 못하는 것은 무엇 때문이겠습니까?

옛날 것을 상고할 수도 없고 예법에서 근거를 찾을 수도 없을 뿐만 아니라, 나라의 가장 나쁜 습속이요 깊은 폐단이므로 치국(治國)의 방법을 깊이 아는 선정(先正: 선대의 뛰어난 신하들)과 명신(名臣)들은 모두 공정한 도리를 확대하여 벼슬길을 터주는 일에 앞장섰습니다. 그래서 경연(經筵)에서 아뢰고 차자(箚子: 상소문)로써 논한 분들이 전후로 서로 이어져 끊이지 않았습니다.

역대 임금들께서는 중심을 세워 원칙에 맞게 다스리며, 공정함을 유지하여 관리를 임용할 때는 현명함에 따랐고 직무를 나눠줄 때는 오직 능력만을 보았습니다. 그리하여 모두를 균등하게 대하였으니, 어찌 또 적서(嫡庶)에 차별을 두었겠습니까. 그러므로 조정에 나아가 널리 묻고, 슬퍼하며 긍휼히 여기시어 서얼의 처지를 바꾸고 벼슬길을 열어 줄 방도를 고민하셨습니다.

다만 사족(士族)들의 권한이 막중하고 여론을 아래에서 조종하기 때문에, 명예로운 벼슬과 화려한 경력을 본래부터 자기네가 차지했음에도 불구하고, 오히려 일족이 여러 갈래로 어지럽게 갈라지고 권세가 나눠질까 두려워했습니다. 그 때문에 똑같은 사족의 자손이라도 정밀한 저울로 미세한 데까지 재량하듯이 구분하며, 한번 관직 후보자 추천을 거치고 나면 수치와 분노가 마구 몰려들고 지탄과 알력이 벌떼처럼 일어납니다. 하물며 서얼은 명분이 고착되고 행동에 구애를 받아 세상에서 움츠러든지 오래이니, 대등하게 인정받지 못하는 것은 형세상 어쩔 수 없습니다. 그렇다 하더라도 이는 제 가문만을 오로지 위하고 사욕을 채우려는 치우친 욕심이지, 나라 전체의 공익을 위하는 보편적 도리는 결단코 아닙니다. 신(臣)이 그 잘못에 관해 다 말씀드리기를 청합니다.

2) 서얼 차별은 옛날에도 없었다!

무릇 서얼과 적자(嫡子)는 진실로 차등이 있지만, 대를 이어 내려온 가문의 지체로 따져 보면 그들 역시 하나의 사족(士族)입니다. 진실로 국가에 대하여 무슨 잘못이 있다고, 벼슬길을 막고 단절하여 저들로 하여금 벼슬아치의 반열에 서지 못하게 한단 말입니까? 맹자(孟子)는 말하기를, "군자가 없으면 야인(野人)을 다스릴 수 없고, 야인이 없으면 군자를 기를 수 없다"고 하였으니, 군자와 야인은 지위로써 말한 것입니다. '명덕(明德)을 지녔으면서도 비천한 처지에 있는 사람을 천거하라'고 한 것은 요(堯) 임금이 관리를 뽑는 기준이었습니다. '뛰어난 이를 기용하는 데 출신을 가리지 말라'고 한 것은 탕(湯) 임금이 정치를 안정시키는 방법이었습니다. 이로 말미암아 본다면, 하(夏)·은(殷)·주(周) 삼대(三代)의 시대에도 이미 군자와 소인의 구별이 있었지만, 인재를 천거할 때에는 본디 귀천의 차별이 없었고 어떤 부류인지도 묻지 않았습니다. 하물며 우리 왕조의 이른바 서얼은 대대로 높은 지위에 오른 찬란한 문벌 출신인데, 어찌 모계가 비천하다 하여 빛나고 귀한 본종(本宗: 성도 같고 본도 같은 일가붙이)을 함부로 업신여길 수 있단 말입니까.

진(晉)나라와 당(唐)나라 이래로 차츰 벌열을 숭상하였으나, 그런데도 강좌(江左: 양쯔강 하류의 동남지역)의 사대부들은 도간(陶侃)*을 배척하지 않았고 왕씨(王氏)와 사씨(謝氏) 같은 귀족들

* 도간(259~334)의 어머니 담씨(湛氏)는 첩이었으나, 그는 현리(縣吏)로 공적을 쌓아 자사(刺史)에 이르렀다. 이후 반란을 진압하여 벼슬이 대장군(大將軍)에까지 올랐다.

(육조六朝 진晉나라 때의 명문거족)도 주의(周顗)*를 자신들의 반열에 서게 했습니다. 소정(蘇頲)†은 소괴(蘇瓌)의 얼자(孼子)이지만 지위는 평장사(平章事)에 이르렀고, 이소(李愬)‡는 이성(李晟)의 얼자지만 벼슬이 태위(太尉)에 이르렀으며, 한기(韓琦)§와 범중엄(范仲淹)¶은 송나라의 뛰어난 정승이 되었고, 호인(胡寅)·진관

* 주의(269~322)는 동진(東晉) 시대 여남(汝南) 안성(安城) 사람으로 주준(周浚)의 아들이다. 주의의 어머니 이씨(李氏)는 몰락한 가문을 일으키기 위해 명문 귀족인 주준의 첩이 되었다. 주의는 상서좌복야(尙書左僕射)를 지냈으며, 왕돈(王敦)의 반란에 저항하다 피살되었다.

† 소정(670~727)은 당나라 때 소괴(蘇瓌)의 비첩(婢妾)에게서 태어났다. 소괴는 처음에 소정이 아들인지 모르고 마굿간에서 일꾼들과 함께 생활하게 하였다. 하루는 손님이 소괴를 찾아왔다가, 소정이 품에 넣고 다니다 떨어뜨린 시를 주워 읽어 보고 놀라 감탄하여 그에 대해 알아본 결과 소괴의 아들임을 알게 된다. 이에 손님은 소괴에게 소씨 집안의 훌륭한 인재가 될 터이니 소정을 거두어 보살피라고 권한다. 그제야 소괴는 소정의 문장을 시험해 보고 흡족해하며 아들로 거두어들인다. 이후 소정은 학문과 문장으로 세상에 명성이 자자하게 된다. 당나라 현종(玄宗)이 난리를 평정한 뒤에 포고문을 기초하고자 하였으나 마땅한 사람을 구하기 어려워 소괴에게 적임자를 추천하게 했더니, 소괴는 자신의 아들을 천거하였다. 마침내 소정이 현종에게 포고문을 올리니, 현종은 "아들을 아는 이는 아버지만 한 이가 없다더니, 이를 두고 하는 말이로다"라고 하며 소괴와 소정 부자를 칭찬하였다. 그 뒤 소정은 현종 시대의 명재상이 되어 정사를 돌봤다.

‡ 이소(773~821)는 당나라 덕종(德宗) 때 서평군왕(西平郡王)에 봉해진 이성(李晟)의 첩 소생이다. 이소는 헌종(憲宗) 때 오원제(吳元濟)의 반란을 진압했다.

§ 한기(1008~1075)는 북송(北宋) 때의 명재상이다. 그의 어머니는 청주(淸州)의 관노비였지만, 약관(弱冠)의 나이에 진사시(進士試)에 급제하였고, 가우(嘉祐) 연간에 정승에 제수되었다. 위국공(魏國公)에 봉해졌으며, 시호는 충헌(忠獻)이다. 후세에도 명장이요, 어진 대신의 표본으로 일컬어졌다.

¶ 범중엄(989~1052)은 북송 인종 때의 명재상이다. 어려서 어머니가 개가(改嫁)하여 계부의 성(姓)인 주씨(朱氏)를 쓰다가 한림(翰林)이 된 후 본래의 성씨를 회복했다. 그는 항시 탁월한 재능에 원대한 뜻까지 겸비하여 천하를 다스리는 것을 자신의 임무로 삼았다. 귀하게 되자 남에게 베푸는 것을 더욱 좋아하였으며 의장을 만들어 친족 중에 가난한 자들을 돌보아 주었다.

(陳瓘)·추호(鄒浩)는 당세의 이름난 유학자가 되었습니다**. 당시에 서얼이라 하여 벼슬길을 막지 않은 이유는 무엇이겠습니까? 진실로 문벌을 따질 적에는 단지 부계만을 중시하고 모계는 묻지 않았기 때문입니다. 그들이 모계를 중시하지 않은 것은 무엇 때문이겠습니까? 본종을 중히 여겼기 때문입니다.

그렇다면 모계가 아무리 현달한 가문이어도 부계가 몹시 한미할 경우, 빛나는 문벌이라고 일컫을 수 없는 것 또한 분명합니다. 고려 시대에 정문배(鄭文培)는 예부상서(禮部尙書)가 되었고, 이세황(李世璜)은 합문지후(閤門祗侯)가 되었고, 권중화(權仲和)는 대사헌(大司憲)으로서 우리 왕조에 들어와서도 도평의사(都評議使)가 되었습니다. 만일 우리 왕조의 법률에 준한다면 도간이

** 호인(1098~1156)은 송나라의 대유학자이다. 역시 유학자로 유명한 호안국(胡安國)의 조카로, 그의 양자가 되었다. 호안국 형의 첩 소생으로 양자로 간 것이라는 설도 있다. 저서로 『논어상설』(論語詳說) 등이 있다.
진관(1057~1124)은 송나라 철종(哲宗)·휘종(徽宗) 연간의 명망 높은 간관(諫官)이다. 진관은 비첩(婢妾) 소생인데, 그의 아버지는 친구 반조인(潘祖仁)에게 아들이 없는 것을 안타깝게 여겨, 진관을 낳은 비첩을 빌려주어 아들을 낳게 하였다. 반조인과 비첩 사이에 낳은 아이는 반양귀(潘良貴)이다. 진관과 반양귀는 이름난 유학자가 되었는데, 그 어머니는 두 아들의 집을 왕래하였다고 한다. 진관의 저서로 『요옹역설』(了翁易說) 등이 있다.
추호(1060~1111)는 송나라 철종과 휘종(徽宗) 2대에 걸쳐 유황후(劉皇后)의 책봉을 반대하는 직간을 하여 지방으로 좌천된 인물이다. 문맥으로 보아 서자인 듯하나, 모계에 관한 기록을 찾을 수 없다. 벼슬은 정언(正言)·병부시랑(兵部侍郞)·월주지부(越州知府) 등을 지냈다. 저서로 『역계사의』(易繫辭義) 등이 있다.

나 주의 같은 뛰어난 이도 사대부에 들지 못하고, 소정이나 이소 같은 인재도 장수나 정승이 될 수 없고, 한기·범중엄·호인·진관·추호 같은 사람들도 모두 억눌리고 막히고 버려졌을 것입니다. 문관으로는 교서관(校書館), 음관(蔭官)으로는 전옥서(典獄署) 정도에서 자리를 얻어, 지위는 유품(流品 : 잡다한 하급 관직)을 벗어나지 못하고 녹봉은 승두(升斗 : 소량의 쌀)에 지나지 않았을 것입니다. 공훈과 업적, 지조와 절개가 당세에 찬란히 드러나고 백대까지 빛나는 명성을 드리우지 못했을 겁니다. 이것이 신이 말씀드린 바 '옛날을 상고해도 그러한 법이 없다'는 것입니다.

3) 서얼 차별의 유래

신이 일찍이 듣자오니 예로부터 전해지기를, 서얼의 벼슬길을 막은 데는 그 유래가 있다고 합니다. 건국 초기의 재상 정도전(鄭道傳)은 서얼의 자손입니다. 우대언(右代言) 서선(徐選)이 정도전이 총애하던 종에게 모욕당한 일이 있어 그 원수를 갚을 길만 생각하다가, 정도전이 패망하게 되자 서선이 마침내 명분을 잡아 견강부회하여 서얼의 벼슬길을 막았던 것입니다. 정도전이 죽은 뒤 모욕을 당한 것에 대해 한 번 분풀이를 한 것이었으나, 자신의 말이 틀림없이 정해지고 그 법이 반드시 실행되리라 생각한 것은 아니었습니다. 바야흐로 이때 정도전이 죄를 지어 막 처형당하다

보니, 그 말이 실현되기 쉬웠고 그 법이 정립되기 쉬웠던 것입니다. 찬성(贊成) 강희맹(姜希孟), 안위(安瑋) 등이 『경국대전』(經國大典)을 처음 편찬하면서 법조항을 다듬을 겨를이 없어, 서얼의 과거시험 금지와 관직 진출 금지의 주장이 법조항 속에 들어가게 된 것입니다.

급기야 무오사화(戊午士禍)가 발생하면서 유자광(柳子光)에 대한 사림(士林)의 원망이 쌓였는데, 분노를 표출할 곳이 없자 서얼의 벼슬길을 막아야 한다는 논의가 더욱 엄중하고 심각해진 것입니다. 그들로 하여금 분풀이하게 만든 상황이 진실로 또한 슬픕니다. 그렇다 할지라도 예로부터 난신적자(亂臣賊子)가 어찌 유자광 같은 서얼 무리에서만 나왔겠습니까. 불행히도 한 번 서얼 가운데서 나온 것인데, 유자광 하나로 인해 서얼의 벼슬길을 다 막아 버렸으니, 만일에 불행하게도 사족의 자손 중에 난신적자가 나왔다면 또 무슨 법으로 처리했겠습니까?

4) 아비를 아비라 부르지 못하는 서얼의 신세

아, 벼슬길을 막는 것만으로도 부족하여 버려지고 끊어져서 그들로 하여금 본디 가지고 있는 오륜(五倫)을 평범한 사람들 앞에서조차 펼치지 못하게 하였습니다. 은애(恩愛)는 아비와 아들 사이보다 더 중한 것이 없는데 감히 아버지라 부르지 못하고, 의리는 임금과 신하 사이보다 더 큰 것이 없는데 임금에게 가까이 갈 수가 없습니다. 늙은이가 말석에 앉게 되어 학교에는 장유(長幼)의 차서가 없어지고, 동류가 되기를 부끄러워하는 바람에 향당(鄕黨)에서는 붕우(朋友)의 도가 없어졌습니다.

공자(孔子)는 말하기를, "반드시 이름을 바로잡을 것이로다!" 하였으니, 아들은 아비를 아비로 대하고, 아비는 아들을 아들로 대하며, 형은 형 노릇하고 아우는 아우 노릇 하는 것이 바로 이름을 바로잡는 것입니다. 그러므로 인륜상의 존칭으로는 부형(父兄)보다 더한 것이 없는데, 지금의 서얼들은 그렇지 못합니다. 아들이 아비를, 아우가 형을 감히 직접 가리켜 바로 부르지 못하니, 저절로 하인이 그 주인을 대하는 것과 같아졌습니다. 이른바 명분이란 적(嫡)과 서(庶)를 일컫는 것일 뿐인데, 어찌 서로를 부르는 때에 아버지라 하지 못하며 형이라 하지 못하고 자신을 낮추어 천한 하인들과 같이 해야만 '명분을 엄격히 하고 적서를 구분한다' 일컬을 수 있겠습니까.

5) 서얼은 사족(士族)과 교제해도 벗이 될 수 없다

『논어』에 이르기를, "글로써 벗을 모으고, 벗으로써 인(仁)을 돕는다" 하였고, 맹자는 말하기를, "벗이란 그의 덕을 벗 삼는 것이다. 그러므로 나이 많은 것으로 위세하지 않고, 신분이 높은 것으로 위세하지 않으며, 형제를 믿고 위세하지 않아야 벗하는 것이다" 하였습니다. 귀천이 다를지라도 덕이 있으면 스승이 될 수 있고, 나이가 같지 않더라도 인(仁)을 도울 때는 벗이 될 수 있습니다. 더구나 서얼은 본래 모두 사족의 자제들입니다. 그들이 아름다운 재주와 뛰어난 능력이 없다면 그만이겠으나, 만일 그들이 진실하고 곧고 들은 것이 많아 재주와 덕이 나보다 뛰어나다면 서얼이라 할지라도 그들과 벗하는 것이 어찌 부끄럽겠습니까.

그런데도 서얼은 사족과 서로 교제해도 벗은 될 수 없고, 서로 친해도 나이 대접을 받을 수 없으며, 충고하거나 책선(責善)하는 도리도 없고, 절차탁마(切磋琢磨 : 옥돌을 "자르고 줄로 쓸고 끌로 쪼고 갈아 빛을 내다"라는 뜻으로, 학문이나 인격을 갈고 닦음을 말함)하고 절시우려(切偲憂慮 : 벗을 간절히 독려하고 염려하는 것)하는 의리도 끊어졌습니다. 언사를 주고받을 때에는 예절이 너무 까다롭고, 인사하고 사양하는 예의를 차릴 때에는 비방과 원망이 마구 쏟아집니다. 이로써 논한다면, 서얼의 경우 오륜(五倫) 가운데 끊어지지 않고 간신히 남아 있는 것은 부부유별(夫婦有別) 한 가지뿐입니다.

6) 제자리 찾지 못한 생명, 서얼

아, 서얼로 태어나면 세상의 큰 치욕으로 여깁니다. 현요직(顯要

職: 지위가 높고 중요한 벼슬)으로 나아갈 길을 막아서 조정과 멀어지고, 부형을 부형이라 부르지 못하여 가정에서는 핍박을 받습니다. 학교에 가면 장유유서의 차서가 어지럽혀지고 고향 마을에서는 벗과의 관계가 끊어져, 처지가 위태롭고 불안하며 신세가 처량하기 짝이 없습니다. 그 때문에 큰 부담을 진 듯이 힘들어하면 사람들은 천하게 여기니, 곤궁하여도 귀의할 데가 없어 몸 둘 바를 모릅니다. 혹은 자취를 감추고 조용히 지내기 위해 무리를 떠나 뜻을 높이 가지면 교만하고 방자하다 이릅니다. 혹은 어깨를 움츠리고 가련하게 보이며 무릎을 꿇고 비굴하게 남의 비위를 맞추면 비루하고 간사하다고 합니다.

아, 하늘이 인재를 내린바, 이토록 다른 것이 아닙니다. 이는 다만 배양 방법이 다르고 나아가는 길이 다른 것일 뿐입니다. 맹자는 이르기를, "실로 배양을 제대로 하면 자라지 않는 생물이 없고, 배양을 제대로 하지 않으면 사라지지 않는 생물이 없다" 하였습니다. 배양하여 키우지 않고서 어찌 그들 중에 인재가 없다고 책망할 수 있겠습니까?

혹 적자로 승계받더라도 서자란 명칭이 삭제되지 않고, 아무리 세대가 멀어져도 영원히 천속(賤屬)이 되는 것이 실로 노비의 율(律)과 같습니다. 그들의 지족이 번성하여 거의 나라의 반에 이르더라도, 귀의할 데가 없을뿐더러 항산(恒産: 생업)조차 없습니다. 그래서 누렇게 뜨고 야윈 얼굴에 삐쩍 마른 목으로 기운 없이 고달프게 살아가며, 빈곤이 뼈에 사무치지만 떨치고 일어날 길이 없습니다.

아, 옛날의 이윤(伊尹)은 한 사람의 지아비라도 제자리를 얻지 못하면 마치 자기가 밀쳐서 구덩이 속에 빠뜨린 것같이 여겼습니다. 지금 서얼 중에 제자리를 잃고 고생하는 자가 어찌 한 사람뿐이겠습니까. 억눌리고 막힌 지 이미 오래여서 원망과 울분이 갈수록 쌓이니, 천지의 화기(和氣)를 손상하여 재앙을 부른 것이 반드시 이 때문이 아니라고는 못 하겠습니다.

삼가 생각하건대 우리 전하께서는 하늘을 본받아 민물(民物)을 다스림에 성스러운 업적이 우뚝하고 찬란하니, 온 나라의 생명을 지닌 존재들이 제자리를 얻어 각기 삶을 즐기고 그 생업에 편안하지 않은 자가 없습니다. 버려지고 가려져 있던 자들을 떨쳐 일으켜 기용하여 탕평(蕩平)의 정책을 확대하시고, 티끌을 없애 주고 허물을 덮어 주어 모두 임금의 교화를 따르게 하셨습니다. 묵은 폐단과 빠뜨린 법들을 모조리 바로잡고 정돈하면서도, 유독 서얼을 소통하는 법에 대해서는 아직 뚜렷한 정책이 만들어지지 못했습니다.

아, 지금 신의 이 말은 어리석은 신 한 사람의 사적인 말이 아니라 온 나라 식자들의 공언(公言)이며, 지금 온 나라의 공언일 뿐만 아니라 역대 임금들 이래로 선정(先正)과 명신(名臣)들이 간절히 간직했던 것입니다.

7) 서얼의 자리를 찾아주소서!

아, 먼 지방의 사람은 내력을 모르더라도 문반으로는 사헌부와 사간원에 기용될 수 있고 무반으로는 병사(兵使)·수사(水使)를 지낼 수 있는데, 그의 문벌을 묻지 않아 구애되는 바가 없습니다. 그런데 지금 서얼들은 가깝게는 할아버지와 아버지가 모두 공경대부(公卿大夫)이고 멀게는 이름난 유학자와 뛰어난 재상이 그의 조상이니, 먼 지방 사람에 비한다면 그의 내력이 너무나 분명합니다. 그런데도 벼슬길을 막는 법이 죄에 연루된 자보다 심하고 차등을 두는 구분은 하인보다 엄격하니, 어찌 원통하지 않겠습니까.

신은 지금 서얼들 중에 특별히 누가 뛰어나서 쓸 만하며 누가 재능이 있어 발탁할 만하다고 생각하는 것이 아닙니다. 다만 조정이 백성들에게 베푸는 은혜를 하늘이 덕을 베풀 듯이 하시고, 천지의 대조화를 만물 구석구석 미치시어, 혼탁한 것을 씻어 내고 인성을 갈고 닦아 무너진 인륜의 질서를 다시 세우고, 키우고 배양함으로써 오래도록 버려둔 인재를 다시 거두어들이기를 바랍니다. 양자 세우는 법을 『경국대전』에 어긋나지 않게 하고 본종

(本宗)을 높이는 도리는 모두 고례(古禮)로 돌아가 실행하며, 집안에서는 부자간의 호칭을 바로잡고, 학교에서는 나이에 따른 차서를 세워서, 300년 동안이나 버려졌던 서얼들로 하여금 다시 사람 노릇 할 수 있게 하소서. 그렇다면 그들 모두가 스스로 새롭게 될 것을 생각하여 명예를 지키고 행실을 닦으며, 충성을 다하고 은혜에 보답하고자 나라를 위해 죽기를 다투느라 겨를이 없을 것입니다. 오늘날 조정의 정책 가운데 이보다 더 중대한 것은 없습니다. 위대하신 성인(聖人: 임금)께서 장수를 누리며 인재를 기르는 공업(功業) 역시 이 일을 버려두고 어디에서 찾을 수 있겠습니까. _「서얼 소통(疏通)을 청하는 의소(擬疏)」(擬請疏通疏), 『연암집』 제3권

5-5. 뉘우친 자에게는 선처를 허하소서!

1) 연암 수령과 병영의 마찰

지난번에 본 군 범천면(현재 당진군 우강면)에 거주하는 김필군(金必軍)이 바친 책자를 영문(營門)에 보고한 일이 있었습니다. 이 일로 병영(兵營)이 크게 화를 내고 분노하여 그 죄를 형리(刑吏)에게 전가하는 일까지 있었으니 너무나 마음이 불편합니다.

김가는 본래 사학(邪學: 천주교) 무리 중의 한 사람으로 지난해 겨울 동안 집을 비우고 도망 중이었습니다. 금년 9월 중에 그 자의 호(戶)가 속한 오가통(五家統)* 내의 주민이 김가가 돌아와 제집에서 살고 있다고 고발했습니다. 우선 잡는 시기를 늦추어 그가 안착하기를 조금 기다렸다가, 색갈이†를 독촉하는 창졸(倉卒)을 그자에게 보내면서 패자(牌子: 체포장)도 쓰지 않고 관차(官

* 다섯 가구[五戶]를 한 단위로 묶어 서로의 동태를 파악하도록 한 제도를 말한다. 다섯 가구를 묶은 단위를 '통'(統)이라고 한다..

差: 관에서 보내던 군뢰軍牢, 사령使令 등의 아전)도 보내지 않았습니다. 그 뜻은 실로 알 듯 모를 듯 의심스러운 듯 아닌 듯 하는 사이에 일을 처리하려고 했기 때문입니다.

과연 그자가 크게 의구심을 내어 즉시 와서 현신(現身)하고, 소매 속에 든 책자를 바치며 아울러 소지(所志)까지 올려, 자수하여 죄를 면하는 구실로 삼고자 하였습니다. 그자는 본시 어리석고 무식한 자라 책자가 있든 없든 본래 염려할 필요가 없었습니다. 더구나 그자가 이미 자진해서 책자를 바친 이상 지나간 일을 추궁하여 새로 먹은 마음을 꺾어서는 안 된다고 생각했습니다. 그러므로 장날에 모두가 보는 앞에서 불태워 버리겠다는 뜻을 그 소지에 제사(題辭)‡하고는, 자못 위로하고 격려하는 뜻을 보이고서 즉시 돌려보냈던 것입니다.

그 후 병영의 하리(下吏)가 본군 이청(吏廳)을 지나다가 고을 안에 사학이 있는지 없는지 자세히 물었으므로, 여러 아전들이 대답했습니다.

"이전에 사학을 배우고 익히던 자들이 저절로 사라져 모두 평민이 되었는데, 그중에 김필군이란 자가 가장 교화하기 어려웠

† 봄에 양식을 꾸어주었다가 가을에 수확한 곡식으로 받는 일.

‡ 하급 관청에서 보낸 문서나 백성들이 올린 소지(所志)에 대해 답을 내리는 글.

으나 일전에 또 책자를 자진하여 바쳤습니다. 이제 이 고을 안에는 다시 의심할 만한 이가 없습니다."

병영의 하리는 여러 고을을 다니는 의도가 정탐하기 위한 것임을 넌지시 드러내고는 바로 다른 곳으로 떠났습니다. 본 사건에 얽힌 곡절 또한 이와 같을 따름이었습니다.

애초 생각에는 장날을 택해 불태워 버릴 계획이었는데, 그 날 마침 비가 내려 백성들이 많이 모이지 않았습니다. 다시 생각한바 이러한 사건을 내 마음대로 처리할 수는 없으므로, 순영(巡營: 감영)에 보고를 올렸던 것입니다. 게다가 일반 고을은 병영과는 군사 업무가 아니면 본래 상관이 없는데, 병영에서 갑자기 나와 그 책자를 찾으리라 생각이나 했겠습니까? 그래서 지난번 순영으로 올려 보냈다는 뜻을 논보(論報: 상급관청에 자기 의견을 달아 보고하는 것)한 것이었습니다.

그런데 병영을 거치지 않고 바로 순영으로 올려 보냈다고 크게 유감의 뜻을 나타냈을 뿐만 아니라, 다시 비밀 관문(關文: 동급 또는 하급 관청에 보내는 공문서)을 만들어 김가를 고을 옥에 잡아 가두고 그가 종전에 책자를 감추어 둔 이유를 추궁하며, 김가를 강요하여 병영에서 잡은 것으로 조서를 꾸미게 했으니, 일 처리가 어찌 이럴 수 있단 말입니까? 도대체 병영에서 누구를 보내어 잡았다는 것인지 모르겠습니다. 혹시 몰래 수색했다면 어찌 바로

잡아가지 않고 나중에 와서 데려간 것입니까?

2) 사직서 올리는 연암

일찍이 들으니, 사학에 미혹된 무리들은 여러 해를 두고 타일러도 듣지 않으며, 암행어사가 출두할 때나 감사가 순시하는 길에 여러 차례 잡아다가 곤장과 형장(刑杖)을 치고 옮겨 가두어도 자복하지 않는다고 합니다. 전후의 수령들이 그놈들을 도례(徒隸: 관청 하인)의 부역에 충당하고 그 처자식까지 잡아다가 구속하곤 했으며, 혹은 교졸(校卒)들을 많이 풀어 불시에 집을 에워싸고 수색하여 심지어는 항아리 속까지 뒤지고 상자까지 다 털어도 종이 한 조각도 발견하지 못했다고 합니다. 그 깊이 감춰 드러내지 않는 것을 이로 미루어 알 수 있는데, 그자가 자진해서 바치지 않았으면 어떻게 관청의 뜰에 그 책자가 굴러와 있겠습니까?

백성을 감화시켜 좋은 풍속을 만드는 방법은 그 지극한 정성과 거짓 없음을 힘써 보여 주는 것입니다. 그렇다 해도, 그들을 믿음으로 감동시키는 것이 깊지 못할까 늘 걱정입니다. 그런데 지금 이와는 정반대로, 사납게 금단(禁斷)하는 것으로 공적을 세우고자 하여, 먼저 스스로가 어리석은 백성에게 위신을 손상당한다면 그 사리와 체면이 과연 어떻겠습니까? 김가가 마침내 미혹을 깨닫고 마음을 고쳐 책자를 바치고 감화되어 돌아온다면, 국가에 있어서는 평민 한 명을 얻는 것에 불과합니다. 만약 그렇지 못한 경우, 김가를 죽여 없애 이 고을의 착한 사람들이 물들지 않도록 한다면, 이것은 옛날 형정(刑政)의 한 가지 일에 불과합니다. 만약 그 실정을 알았다면 이른바 '불쌍히 여겨야지 기뻐하지 말아야' 할 따름입니다.

지금 백성들이 사학에 빠지는 것을 막으려고 하면서, 먼저 불성실함을 보인다면 가당키나 한 일이겠습니까? 이른바 형리(詗吏)란 자가 병영에 돌아가 정탐한 말을 애매모호하게 고한 것인데, 이런 행태는 본시 서리(胥吏)와 같은 하류들의 본색입니다. 자잘하게 잘잘못을 가려 드러내는 것을 참으로 싫어하여, 죄수의 공초를 올릴 때 그 처음과 끝만을 대충 보고했던 것입니다.

결국 사건을 처리한 것은 당초 소지(所志)의 제사(題辭)에서 벗어나지 않았는데, 한 번 뜻에 맞지 않았다고 해서 하리(下吏)를 대신 잡아다 다스리는 것은 도대체 무슨 뜻입니까? 하관(下官: 연암 자신을 가리킴)이 아무리 늙고 용렬하다 해도 어찌 이런 모욕을 받고 수치를 참아 가며 편안히 직위에 머물러 있겠습니까? 사직서를 써서 올리오니 바라건대 빨리 파직을 시켜 제 분수에 편안히 머물게 해주십시오. 병영에 올린 보첩(報牒: 보고서)을 아울러 기록해 올리오니, 한 번 훑어보시면 당연히 그 일의 정황을 파악하시게 될 것입니다.

3) 천주교도 김필군의 사연

상기 조항의 김필군을 비밀 관문에 의거하여 잡아와 엄밀히 조사하고 심문한 결과, 필군이 공초에 진술한 내용은 이와 같습니다.

이 몸은 농사를 짓는 어리석은 백성으로 눈이 있어도 글자를 알지 못합니다. 이 몸의 자식이 어려서부터 총명하여 천성이 글 읽기를 좋아하더니, 조금 장성해서는 유업(儒業)을 부지런히 익혔습니다. 그런 까닭에 마음대로 서울로 배우러 다니면서 과장(科場)에도 출입했습니다. 집 안에 있을 땐 효도하고 공경했으며 글 읽기를 그치지 않았습니다. 때때로 이 몸을 위하여 자신이 읽은 책의 뜻을 풀어서 설명했으며, 또 중이나 무당을 간사하고 요망하다며 몹시 미워했습니다.

그 아이의 평소 말과 행동을 보면 절대로 패륜을 저지르거나 남을 속이는 일이 없어, 시골구석의 어리석은 백성으로 자신을 잘 지키지 못하여 제 부모를 욕보이는 자들과는 크게 달랐으므로, 이 몸이 자식을 사랑하는 마음에서 하는 말마다 다 들어주고 하는 일마다 다 따랐습니다. 자식 놈이 배운 것이 틀림없이 좋은 책이라 생각하여 이야기를 즐겨 들었으며, 자식을 스승으로 삼아 받들어 믿으면서 남이 몰라

주는 것을 답답하게 여겼을 뿐입니다.

지난 을묘년(1795) 2월 어느 날 자식 놈이 불행히도 죽자, 이 몸은 원통하고 비통하여 날마다 하루 속히 죽어 지하에서 서로 만나기를 소원했습니다. 매일 생각하면 생각할수록 전에 해주던 말이 귓전에 역력했습니다. 그리고 자식이 남긴 손때 묻은 자취라고는 다만 이 한 권의 책뿐이라 이 몸은 혹시 이 책을 잃어버리거나 더럽힐까 두려워 열 겹으로 싸서 간직하고, 움직이게 되면 반드시 몸에 지니고 다녔습니다. 때로는 혹 열어 보며 자식의 얼굴을 다시 보는 듯이 여겼습니다.

다만 이 몸은 진서(眞書 : 한문)를 모를 뿐만 아니라 언문(諺文) 또한 한 글자도 읽을 줄 모르기 때문에 진실로 그 가운데 어떤 허황하고 요사스러운 내용이 들어 있는지 몰랐습니다. 그런데 이웃들이 이 몸을 지목한 것이 이 책자 때문이었으며, 이 몸이 여러 번 심문을 당한 것도 또한 이 책자 때문이었습니다. 자식 놈이 죽은 뒤에는 듣고 익힐 길이 없었으며, 시간이 지나 해가 오래되니 저절로 잊혀져서, 다시는 이 일에 마음을 두지 않았습니다.

그런데 작년 가을에 사또께서 부임하신 이후로 사학을 금단하는 일로 각 면에 매우 엄중하게 명령을 내리셨습니다.

그리하여 이 몸은 지레 겁을 먹어 다른 곳으로 도망가 있었던 것입니다. '조정의 덕화가 하늘 같으시어 형을 받더라도 형벌을 내리지 않으시니 본 고을의 사학을 믿는 무리들이 차차로 미혹을 깨닫고 각각 생업에 안착한다더라'라는 소식을 듣고 이 몸도 지난달에 다시 고향으로 돌아왔습니다. 감추어 둔 책자를 그 즉시 관에 바쳐야 했으나, 이 몸의 사정이 앞서 진술한 바와 같을 뿐만 아니라, 관가에서 이 책자를 확실한 증거물로 잡아서 죄를 더할까 두려워 몰래 물이나 불에 던져 그 흔적을 없애려고 했습니다.

그러나 혹시 뒷날 사단(事端)이 다시 일어나면 진위를 밝히기 어려울까 걱정하여 이와 같이 망설이던 즈음, 외창(外倉 : 외촌外村에 있는 창고)으로부터 패지(牌旨)가 전달되었으나, 이 몸을 나오라 할 뿐 책자를 바치라는 말은 원래 없었습니다. 이 몸이 혼자 생각하기로는, 지난해에 숨어 도망간 일은 그 죄를 벗어날 길이 없으니 지금 이 책자를 바치면 스스로 속죄가 될 것 같아 옛날 싸 둔 것을 끌러 보지도 않고 모조리 손수 들고 창리(倉吏)와 함께 허둥지둥 달려왔습니다. 읍내에 당도하자 이 몸이 우선 사람을 찾아 소지를 쓰는 사이에 창리는 곧장 먼저 관에 고발하여 마치 자기가 먼저 이 몸을 찾아 낸 것처럼 공을 세우려고 들었습니다. 만일 제 놈이 찾아냈다면 어찌 빈손으로 관에 고발했겠습니까? 그 거짓말로 자기 공이라 자랑하는 꼴은 관가에서 이미 훤히 아시는 바이니 지금 다시 변명하지 않겠습니다.
책자의 출처는 이 몸도 그 소종래(所從來)를 알지 못합니다. 열두 권이지만 모두 어린아이 손바닥만 하니, 아마도 제 자식놈이 생전에 지어 만들었던 것이라 생각됩니다. 화폭(畫幅)에 대해서는 매번 서울에서 사 온 것이라고 말했는데, 처음에는 수놓은 것으로 잘못 알았다가 오래 뒤에 수놓은 것이 아니고 그림이란 것을 알게 되었습니다. 200여 냥의 비싼 값으로 산 것은 실로 정도가 지나친 것이지만, 당시에 이 몸은 죽은 자식을 무조건 믿어서 가산을 탕진해도 미혹되어 아까운 줄을 몰랐습니다. 지금에 와서 돌이켜 생각해 보면 자식 놈이 나이 어린 소치로 남에게 속임을 당했음에 틀림없습니다.
그놈이 죽은 뒤로 4년 동안은 간혹 꿈에 보이기도 하였으나, 이 일에 대해 문답한 적도 없고, 또한 천국에 갔다고 말하지도 않으니, 생과 사가 판이하게 다르므로 기대와 소망이 완전히 어그러졌습니다. 이로써 스스로 증험해 보면, 몇 년간 공덕을 쌓은 것이 과연 어디에 있다는 말입니까?

4) 뉘우친 자는 선처해 주소서!

지금 여기 필군이란 자는 전에는 미혹되었지만, 뉘우치고 깨달은 바가 전에 올린 소지에 입증되었으며, 다 드러내어 진심으로 복종하는 모습이 조금도 숨김이 없는 것 같았습니다. 지금 또 되풀이하여 심문하고 추궁하였으나, 그 진술이 앞서의 진술과 한결같고, 완전히 마음을 고쳐먹은 정황이 자못 말과 얼굴에 나타났습니다.

삼가 엎드려 생각하건대, 조정이 이런 어리석은 백성들에 대해 본래 바라는 바는 미혹에서 깨어나고 잘못을 바로잡아 형정(刑政)을 번거롭게 하지 않고도 성상의 교화에 복종하게 만들자는 것입니다, 태양이 막 솟으면 도깨비가 재주를 못 부리고, 훈풍이 잠깐만 불어도 얼음과 눈이 저절로 녹아내립니다. 그러므로 필공(必恭)*같이 미혹된 놈이라도 하루아침에 잘못을 깨닫자 곧 적당한 벼슬자리로 보답해 주었고, 존창(存昌)†같이 흉악한 놈도 7년 동안을 완강히 항거하고 있지만 아직도 참형(斬刑)을 내리지 않았습니다.

* 최필공(崔必恭)을 말한다. 혜민서(惠民署) 의원(醫員)으로 천주교에 입교했다가 1791년 신해박해 때 배교(背敎)했다. 이후 다시 체포되어 신유박해 때 처형되었다.

† 이존창(李存昌)을 말한다. 충청도 내포(內浦) 일대에서 천주교의 지도적 인물로 활동하다가 신해박해 때 배교했다. 이후 체포와 배교를 반복하다가 신유박해 때 처형되었다.

지금 이와 같이 감옥에 가둔 자는 특히나 먼 시골의 어리석은 백성인 데다, 두려워하여 자복한 바가 앞뒤로 한결같으며 마음과 말이 다르지 않습니다. 만일 진위를 알기 어렵고 번복할 것이 염려스러워, 이미 지나간 일을 깊이 추궁하고 소굴을 끝까지 수색한다면, 비단 이전에 자복한 무리들이 의구심을 일으키게 될 뿐만 아니라 또한 뒷날에 감화될 무리들도 당연히 주저하는 생각을 품게 될 것입니다. 이것이 지방관의 반열에 들어 직무를 수행하는 자로서 밤낮으로 안절부절하며 조정에서 기대하는 풍속 교화를 저버릴까 두려워하는 까닭입니다.

그가 바친 책자는 마땅히 그 자리에서 불태워 없앴어야 하나, 그래도 마음대로 처리하기 어려웠습니다. 곧바로 순영(巡營)에 올려 처분을 기다렸으니, 이 때문이었습니다. 더구나 순영에서 이 사건을 들어 질책하며 전후로 엄중히 경계했으니, 그 신중함은 또 어떠했겠습니까? 책자를 올려 보낸 것은 지난달 17일이었고, 비밀 감결을 받아 본 것은 그로부터 열흘 조금 지난 뒤였으니, 책자를 순영에 먼저 보냈다는 질책에 대하여는 아마도 이해하실 것이라 믿습니다. 설령 통지가 올 것을 미리 짐작하고 바로 병영으로 올려 보냈다 해도, 순영에서 다시 사리와 체면을 들어 질책한다면 어떻게 처신해야 하는지요. 잘 모르겠습니다.

지금 '의아스럽다'는 가르침을 받고 보니 죄송하기 그지없습니다. 동(同) 김필군은 단단히 가두어 두고 처분을 기다리고 있습니다. 순영에서 회답한 제사도 뒤에 등서하여 첩보(牒報: 서면 보고)하는 바입니다. _ 「순찰사에게 올림」(上巡使書), 『연암집』 제2권

5-6. 죄지은 자의 진의도 성실하게 파악하라!

병영의 취지는 알기 어렵지 않았으므로, 그 감결(甘結: 상급관청에서 하급관청에 보내던 공문)의 내용에 의거하여 공초(供招: 범인의 진술)를 받으면서 신신당부하며 타일렀던 것입니다. 그러나 김필군은 자신이 자수했던 본의가 드러나지 않았다는 이유로 도리어 의구심을 내어, 이렇게 공초를 올리면 영원히 해명하기 어려운 진짜 증거물이 될 거라 생각하고, 보첩을 언문으로 번역하여 자신이 한 권을 갖겠다고 청하였습니다. 그 스스로 후일을 염려하는 것이 이와 같이 깊고 절실한데, 관아에서 오히려 불성실하게 보일 수는 없었습니다. 이 점이 병영에서 유감을 갖게 된 이유인 것입니다. 이것은 오히려 사소한 일이라 시비를 가릴 가치도 없지만, 풍속 교화에 중대한 관건이 되는 문제에 대해서는 세상의 도의를 위하여 한 번 공변(公辨: 치우치지 않고 변론함)하지 않을 수 없습니다.

예로부터 이단(異端)이란 그 시초에는 어찌 스스로 작정하고 사학(邪學)이 된 것이겠습니까? 백성은 천성을 타고났으므로 선행을 즐기고 어진 이를 좋아하는 마음을 가지지 않은 적이 없습니다. 오직 선택하는 데 정밀하지 못하고 분별하는 데 빠르지 못한 까닭으로, 인의(仁義)가 어긋나 양주(楊朱)·묵적(墨翟)의 무리가 되었고, 그 아비도 없고 임금도 없는 재앙은 이미 불교에서 증험이 되었습니다.

오늘날 사교(邪教: 천주교)를 금단하는 자들이 이런 어리석은 백성들을 잡아 묶어다가 관청 뜰 아래 무릎을 꿇리고 바로 차꼬를 채우고 내려다보면서 추궁합니다.

"네 어찌 사학(邪學)을 했느냐?"

어리석은 백성은 한마디로 차단하며 말합니다.

"소인은 사학을 한 적이 없습니다."

그런데 명색이 수령된 자가 이미 그 학(學)이 사(邪)가 된 이유도 모르니, 추궁하여 힐책하는 것에 원칙이 없어서 먼저 스스로 횡설수설 수수께끼처럼 말하고는, 그들이 대답하는 바에 따라 우선 복종한 걸로 인정하고 억지로 다짐을 받을 뿐입니다. 그러므로 그중 교활한 놈은 오히려 성실치 못하다고 비웃고, 어리석은 놈은 더욱 의혹이 불어나 마음속으로 '내가 즐기는 것은 선행이요 공경하는 것은 하늘인데, 무슨 까닭으로 나의 선행을 막으며 나의 공경을 금하는가?' 하게 됩니다. 이는 다름 아니라, 근원을 깨뜨리지 못하고 말류(末流)를 맑게 하며, 소굴만 찾을 뿐이지 스스로는 길을 잃은 식입니다.

혹은 굴복받기에 급하여 빨리 결과를 보려고 태형을 가하고, 혹은 위엄으로 다스린다지만 적절치 않고, 타이른다지만 방법이 어긋나며, 혹은 핍박하여 야소(耶蘇: 예수)를 저주하고 천주(天主)를 탓하게 해 그 배반을 시험하고 그 진위를 관찰합니다. 저들이 하늘을 빌려 '천주'라 사칭하는 것은, 사람들의 입을 막고 위험을 피하는 수단으로 삼자는 것이었으나, 마침내 어리석은 백성들은 그를 위해 절개를 지키는 것이 의(義)를 위해 죽는 것인 양 생각하게 되었습니다. 속아서 미혹됨이 이 지경에 이르게 된 것입니다. 제압하는 요령을 터득했다고 스스로 우쭐하는 자들은 이 점을 경시하여 형벌로 굴복시키려 들 뿐 아니라 또 말하는 데서 실수를 하게 됩니다. 이 어찌 성세(聖世)의 백성을 교화하고 풍속을 아름답게 하려는 지극한 뜻과 부합된다 하겠습니까?

지금 그들을 죽여 없애고자 해도 그 무리가 실로 많으니, 이는 물 새는 배에 짐을 실어 호수나 바다에 띄운 격이라 어떻게 할 수 없는 것입니다. 무릇 통치를 보좌하고 백성을 키우는 반열에 있는 자는 누구나 임금의 교화를 받들어 선포하는 임무를 맡고 있지 않습니까? 자신을 바르게 하여 백성을 이끌어서 스스로 지주(砥柱)가 되어, 임금이 질(秩)·서(敍)·명(命)·토(討)*하게 된 까닭과 천주교의 피(詖)·음(淫)·사(邪)·둔(遁)[†]의 말이 다른 바를 민첩하게 밝혀, 예전부터 물들었거나 새로 퍼져 가는 나쁜 풍속이 밝은 등불과 촛불 같은 임금의 교화 아래 저절로 사라지고, 하늘을 지나는 구름처럼 자취가 없게 하는 것이 상책(上策)입니다. 공명만을 계산하고 이욕만을 따져 나라의 위엄을 함부로 사용하여 이 백성으로 하여금 반신반의하게 하고 관과 민이 서로 세력을 겨룬다면, 비록 한때의 승리는 거둘망정 상처는 더욱 많을 것입니다. 『주역』(周易) 사괘(師卦)에서 '이기든 지든 모두 흉하다'는 상태에 이른다면 하책(下策)입니다.

서벽(徐辟)이 이자(夷子)에게 전해 알려 주고[‡], 한창려(韓昌黎)가 서(序)를 지어 문창(文暢)에게 주었던 것[§]을 본받지는 못할

* 『서경』「고요모」(皐陶謨)에, 하늘이 부여한 질서[天敍]에 오전(五典 : 오륜)이 있고, 하늘이 부여한 등급[天秩]에 오례(五禮)가 있으며, 하늘이 임명하심[天命]은 덕이 있기 때문이니 오복(五服)으로써 그런 사람을 표창하고, 하늘이 성토하심[天討]은 죄가 있기 때문이니 오형(五刑)을 그런 사람에게 적용해야 한다고 하였다. 그러므로 질(秩)·서(敍)·명(命)·토(討)는 백성들을 전례(典禮)로써 교화하고 신하들에게 상벌을 공정하게 시행하는 것을 뜻한다.

† 『맹자』(孟子)「공손추 상」(公孫丑 上)에, 지언(知言) 즉 말을 안다는 것에 대해 맹자는 "편벽된 말[詖辭]에 그 가리운 바를 알며, 방탕한 말[淫辭]에 그 빠진 바를 알며, 사벽(邪辟)한 말[邪辟]에 그 괴리된 바를 알며, 도피하는 말[遁辭]에 그 논리가 궁한 바를 안다"고 하였다.

‡ 『맹자』「등문공 상」(滕文公 上)에 나온다. 서벽은 맹자의 제자이고, 이자는 묵가(墨家)를 추종한 인물이다. 이자가 서벽을 통해 맹자를 만나 보고 싶어 하자 서벽이 그 사이에서 맹자의 말을 전달하여 이자를 깨우쳐 주었다.

§ 한창려는 당나라 때의 문장가 한유(韓愈)이고, 문창(文暢)은 한유와 교류했던 승려이다. 한유는 「송부도문창사서」(送浮屠文暢師序)를 지어 유가의 도를 설파하였다.

지언정, 어찌 스스로 위신을 손상하여, 남이 스스로 속죄하려는 자료를 이용해서 이미 항복한 자에 대해 공을 세우려고 하겠습니까? 이는 금하면 금할수록 더욱 복종하지 않는다는 사실을 알기 때문입니다.

하관(下官: 연암의 자칭)은 밤낮으로 이리 뛰고 저리 뛰며 근심은 깊어지고 생각은 많아지면서 흉년으로 인한 한 해의 재난을 돌보기에도 겨를이 없습니다. 삼가 생각하건대 명공(明公: 순찰사의 경칭)께서는 세상에 드물게 총명하시고 기량과 도량이 무리에서 뛰어나서, 세간의 인심과 세태에 대해 눈과 눈썹 사이의 기색만 보고도 알아차리십니다. 하찮은 이 몸이 절하(節下)께 우러러 바라는 바가 어찌 한 도(道)의 표재(俵災: 흉년이 든 때 조세를 감하는 일)를 공정히 하고 만민의 구휼에 힘쓰는 것에 그치겠습니까? 이것은 담당 관리의 한 업무에 불과합니다. 먼저 근심하고 뒤에 즐거워하며 특별한 성공과 빠른 효과를 스스로 내세우지 않는 것을 평소에 마음속으로 기약하셨을 터, 어리석은 제가 이 문제를 절하에게 고하지 아니하고 누구와 더불어 말하겠습니까? _「순찰사에게 답함」(答巡使書), 『연암집』 제2권

6부

벼슬살이의 어려움, 그럼에도 해학이 넘치는 연암!

6-1. 연암이 받은 봉변, 되놈의 옷을 입었대!

편지로 전해 준 어떤 사람의 말은 한 번 웃음을 터뜨릴 만한 것이었소. '중 꿈꾸고 문둥이 되었다'는 속담이 있소. 무슨 말인가 하면, 중은 절에 살고, 절은 산에 있고, 산에는 옻나무가 있고, 옻나무는 사람을 문둥이로 만들 수 있기 때문에, 꿈에서부터 사물을 연상하여 중과 문둥이를 연결한 것이라오. 내 예전에 중국을 다녀온 적이 있다오.* 중국은 오랑캐가 웅거하고 있소. 내 일찍이 그들과 더불어 놀고 자고 마시고 먹고 하였으니, 꿈속에서 중을 본 정도는 상대가 되지 않는다오. 하여, 세상 사람들이 나를 가리켜 '문둥이'라 해도 괴이할 것이 없소이다.

어린 시절 파 줄기[葱]로 피리 불고 대막대기를 말처럼 타던

* 연암 박지원은 1780년 44살 때 건륭제 만수절 축하 사절단에 포함되어 중국을 다녀왔다. 연암의 팔촌형 박명원이 이 사행단의 정사였기 때문에 연암은 정사를 돕는 비공식 수행원 자격으로 북경과 열하를 유람할 수 있었다.

동무들이 늙어서도 서로 허물없이 지내면서, 침관(寢冠: 잠잘 때 쓰는 모자)을 털모자[毳帽]라 놀리고 해진 베옷을 전구(氈裘: 털가죽 옷)라 비웃는다오. 이 어찌 정말로 붉은 털실로 짠 고깔을 쓰고, 말발굽 같은 소매옷을 입어서 비웃는 것이겠소? 대개 오랑캐라고 놀리면 아이들도 부끄러워하기 때문에 비슷한 사물을 엮어서 서로 장난치는 것이니, 마치 함께 목욕하면서 벌거숭이라고 놀리는 식이라오. 그러니 누가 이 말에 성을 내겠소? 수십 년의 길고 긴 세월을 지나오면서 옛날 함께 놀던 벗들이 거의 다 죽어 밤새 우스갯소리를 하고 싶어도 할 수 없으니 어찌 슬프지 않으리오!

지금 평소에 누군지도 모르는 사람이 갑자기 '되놈의 옷을 입었다'는 등의 말로 거침없이 다른 사람을 헐뜯는다면 이는 옳지 못한 일입니다. 이에 더해 글까지 지어 욕지거리를 쏟아낸다면† 어떻다 하겠습니까? 실성한 사람이 아니고서야 어찌 하루아침에 스스로 옷섶을 왼쪽으로 여미는 오랑캐 옷을 입어 남들에게 비웃음과 꾸짖음을 받겠소이까? 평범한 사람의 생각으로 따져 봐도

† 연암이 안의 현감으로 재직하던 시절, 고을을 잘 다스린다는 칭송을 받았다. 함양 군수 윤광석(尹光碩)이 이를 시기하여, 연암이 옛날 의복인 학창의(鶴氅衣)를 입었던 일을 꼬투리 삼아 '되놈의 옷을 입고 백성을 다스린다'(胡服臨民)는 말을 지어내어 서울로 퍼트렸다.

거의 이치에 가깝지 않은 일이외다. 하인들이 봐도 부끄러운데, 하물며 아전과 백성들의 윗자리에 앉아 부끄러운 모습을 하고 있다면 어떻다 하겠습니까? 그자가 만들어 낸 말이 심하게 어리석고 경솔하니 길가의 아이들이나 저잣거리의 하인들일지라도 누가 다시 믿겠소이까? 한 번의 웃음거리에 지나지 않는 일이오.

절대 남들 앞에서 이 일에 대해 변명하지 말라고 우리 아이들에게 주의를 주시기 바라노니, 해주실 수 있는지요? 혹여 오유선생(烏有先生)*의 성명을 묻는 자가 있다면 얼굴이 희고 잘생겼으며 미간이 넓은 사람†이라고 전해 주시오. _「이중존에게 답함」(答李仲存書), 『연암집』 제2권

* 한나라 사마상여(司馬相如)의 「자허부」(子虛賦)에 나오는 가상의 인물. 오유선생(烏有先生)은 어디에도 존재하지 않는 사람이라는 뜻이다. 연암은 자신을 오유선생에 비유했는데, 되놈의 옷을 입은 사람이 어디에도 있지 않음을 강조한 것이다.

† 한나라의 대장군 곽광은 키가 훤칠하고 얼굴이 희고 잘생겼으며 미간이 넓고 수염이 멋있었다고 한다. 연암은 함양 군수 윤광석이 자신을 오랑캐에 연관지어 비난했기 때문에 자신의 얼굴을 한나라의 '곽광'에 비겨 풍자한 것이다.

6-2. 남을 해치는 말, 부풀린 말!

1) 심의 입고 산에 가면 오랑캐?

세상 사람들이 너무 바빠서인지 말을 들을 때도 흐리멍덩하고, 말을 전할 때도 어수선하니 이 때문에 요즈음 말하는 것이 더욱 순서도 없고 조리도 없게 되었소. 내 말을 자세히 하고자 하니, 그대 또한 말을 길게 끈다고 싫어하지 말길 바라오.

내가 처음 영남 고을에 부임했을 때, 용소(龍沼)에서 기우제를 지냈소. 유처일(劉處一) 선생이 축사(祝史: 나라의 제사 때 축문을 맡아서 읽던 관원)로서 용소 위에 있는 절에서 재(齋)를 올렸는데, 수염과 눈썹이 하얗고 옷깃과 옷자락이 예스럽고 특별합디다. 해서, 선생에게 물었지요.

"선생께서 입고 계신 옷은 어떤 것입니까?"

"학창의(鶴氅衣)입니다."

벼슬아치가 평상시에 입는 옷을 '창의'(氅衣)라 부르기 때문에 '학'(鶴) 자를 더하여 구별했다고 하더군요. 옷깃은 모나고 옷섶은 곧으며, 흰 바탕에 검은 띠를 둘렀으며, 옷자락의 세 군데를 옆으로 트고, 양쪽의 옷깃이 맞닿아서 매우 훌륭해 보이더군요. 그래서 유 선생에게 "선생은 절대 산으로 놀러 가지 마십시오"라고 말했지요.

유 선생이 까닭을 묻기에, 내 웃으며 말했지요.

예전에 밤에 모였을 때가 기억납니다. 좌중에 경암(敬庵) 조연귀(趙衍龜)라는 이가 있었는데, 옛것을 좋아하여 성실히 실천하는 사람이었지요. 두 학동을 데리고 구월산(九月山)을 놀러 갔을 때 치관(緇冠: 선비들이 평상시에 쓰는, 검은 베로 만든 관)을 쓰고 심의(深衣: 신분이 높은 선비가 입던 두루마기 모양의 옷으로 흰 베에 소매가 넓고 검은 비단으로 가를 두른 제복)를 입고 다녔는데, 이를 수상하게 여긴 산성(山城)의 별장(別將)이 졸개 두어 명을 거느리고 뒤를 밟았지 뭡니까.

조(趙)는 그런 낌새를 전혀 모른 채 제자들을 돌아보며 말하기를 "이 산 이름은 구월산인데 본래 이름은 아사달산(阿斯達山)이란다"라고 했지요. 곧바로 성장(城將)이 "과연 오랑캐[兀良哈]로다!" 하며 버럭 소리를 지르고, 좌우에게 눈짓을 하여 포박을 하려고 달려들었지요. 조가 "너는 어찌 다른 사람을 오랑캐라 욕하느냐?" 하며 성을 내니, 성장 또한 "네가 오랑캐 옷을 입고 오랑캐 말을 하니 오랑캐가 아니고 무엇이더냐?"라며 꾸짖더랍니다. 조는 몹시 다급하여 정수리를 드러내 보이며 "당신은 상투 튼 오랑캐를 본 적이 있소?"라고 대응했답니다.

잠시 후에 절의 중이 와서 알아보고 "이분은 여주(驪州)의 조생원(趙生員)입니다"라고 했지요. 그랬음에도 성장은 의심이 풀리지 않아 중에게 당부하기를 "이 손님은 밥도 주지 말고 산 밖으로 내쫓으시오"라고 했답니다. 조가 지금도 그 일을 생각하면 등에서 땀이 난다고 말하자, 자리에 있던 사람들이 모두 한바탕 크게 웃었지요.

나는 조에게 말했습니다.

"군자는 평상시에도 말을 삼가고 행동을 조심해야 합니다. 사마 온공(司馬溫公)이 심의를 선물했는데 소강절(邵康節)은 입고 다니지 않았으니 이 어찌 평상시에 행동을 삼가는 군자가 아니겠습니까?"

조가 말하더군요.

"그렇고 말고요. 그 다급한 때에 머리털이 있어 그나마 벗어날 수 있었지요. 지금처럼 늙어 머리털이 다 빠진 대머리였다면 무엇으로 오랑캐가 아님을 증명했겠습니까?"

이 말에 자리에 있던 사람들이 앞서보다 더 크게 웃으며 그치지 않았답니다. 지금 선생이 입고 있는 옷도 성장에게 의심을 사지 않겠습니까?

2) 웃자고 한 말에 죽자고 달려드는 세태여!

유 선생 또한 크게 웃고 나서, 두려워하며 말하더군요.

"이 옷은 우리 마을의 임갈천(林葛川)과 노옥계(盧玉溪)가 만들어 전한 것입니다. 감히 묻자오니 성주(城主: 안의 현감 연암을 말함)께서 입은 의복은 어떤 것인지요?"

"이 또한 창의라고 일컫습니다."

유 선생이 말했습니다.

"지금의 창의는 이름과 실제가 서로 맞지 않습니다. 원래 깃털을 갈라서 옷을 만든 것을 창(氅)이라고 합니다. '창'이란 본래 학의 날개로, 날개를 펴면 그 가장자리에 검은 선을 두른 것처럼 보입니다. 이른바 흰옷에 검은 치마[縞衣玄裳]가 바로 이것입니다. 옛날에는 의복에 검은 선을 두르지 않은 것이 없었습니다. 그래서 창의로 이름을 붙였던 것이지요. 지금의 이른바 창의라는 것은 가장자리에 선을 둘러 구별하지 않고, 소매는 중들이 입는 장삼 같고, 심지어 여미는 옷섶은 항상 열려 있고, 관(冠)의 검은 테두리는 법식에 맞지 않습니다. 이는 습속으로 그렇게 되었을 따름이지만, 옛사람의 입장에서 본다면 성장의 의심을 받지 않을 사람이 거의 없을 것입니다."

뒤이어 유 선생은 옆에 있던 통인(通引)을 가리키며 강개한 어조로 말하더군요.

"총각이란 관을 쓰지 않은 동자(童子)를 일컫는 말입니다. 이른바 '머리 묶어 쌍상투를 틀었네'(總角丱兮)라는 구절이 이런 뜻을 담고 있지요. 지금은 땋은 머리가 발뒤꿈치까지 드리웠는데도 총각이라고 부르니, 말이 됩니까? 어린아이를 기르는 일에 바르지 않고, 명칭과 의리가 서로 어긋나니, 이 또한 뒤가 터진 창의와 무엇이 다르단 말입니까? 그러므로 우리 마을의 정동계(鄭桐溪)가 물러나 산속에 살 때 그 집안의 동자들은 모두 땋은 머리를 풀고 쌍상투로 틀어 올렸습니다. 괜한 혐의를 받기 꺼려하여 이렇게 한 것입니다."

얼마 뒤에 우리 일가 몇 사람이 삼동(三洞)에 놀러 가면서 기생과 악공(樂工)을 빌려 달라 하기에, 나는 거절하며 말했습니다.

"그대들이 지금 찾아가는 그 산이 바로 기생입니다."

모두 놀라며 어째서 그러냐고 묻더군요. 나는 웃으며 대답했습니다.

"그 산 이름이 적상산(赤裳山 : 가을 단풍이 여인들의 붉은 치마처럼 아름답다고 해서 붙은 이름. 전라도 무주에 있음) 아닙니까."

그리고 앞서 유 선생과 주고받은 말을 농담 삼아 들려주며, 산에 놀러 가는 것을 경계하여 말했습니다.

"이 마을에는 어진 이가 많습니다."

손님들이 발끈하여 일어서며 말합디다.

"아니, 제 원님의 옷을 오랑캐 옷이라고 나무라는 백성이 어디 있습니까?"

그 뒤 이웃 고을의 수령 4, 5명이 모였는데, 영남 풍속이 사나워 원님 하기 어렵다며 서로 근심을 나누었지요. 그때 누군가가 물었습니다.

"오랑캐 옷과 심의에 대한 소문은 무슨 말입니까?"

"이는 잘못 전해진 말입니다. 그런데 어디서 이 말을 들었습니까?"

"그대 집안의 족형(族兄)과 친분이 있어 얼마 전에 찾아갔는데, 이상한 소문을 두루 전해 줍디다."

아! 전하는 말이 몹시 해괴했지만 변명할 만큼 중요치는 않다고 생각했지요. 게다가 쟁반에 음식은 계속 나오고 거문고 연주와 노랫소리는 다투어 높아져서, 그 말에 얽힌 곡절을 자세히 하지도 못했고 다른 사람들도 주의 깊게 들으려 하지 않았습니다. 또 때마침 큰 눈이 막 그치고 연노랑빛 초승달이 하늘에 걸려 있었지요. 서로 손을 잡고 동산에 들어가 줄지어 선 기생들이 촛불을 잡고 비추는 가운데 수만 그루의 가늘고 긴 대나무를 바라보았습니다. 흥이 더하자 꺾어진 대나무 가지를 다투어 주워다 불을 지펴 술을 데우고 고기를 구웠지요. 좌우에서 대나무 타는 소리가 대포 소리처럼 번갈아 터져 나오고, 날개가 얼어붙은 갈대숲의 까마귀와 산비둘기가 어지러이 떨어지더군요.

술이 얼큰해지자 서로 바라보며 농담을 건넸습니다.

"음산(陰山)에서 밤사냥할 때 추위와 굶주림 벗어나지 못했네. 초피 갖옷은 다 떨어져 뒤가 터진 상태 여전하구나. 비파 소리는 쓸쓸하고 줄 튕기는 손가락은 떨어져 나갈 듯하도다."

웃음과 해학이 흘러넘쳐 한때의 즐거움을 누리지 않은 이 없었는데, 농담의 말이 전해지다가 해치는 말이 될 줄 누가 알았겠습니까? 그대는 어찌 잊었소이까? 밤에 말 탄 수십 명의 이교(吏校)들을 따라 눈 내리는 속에서 맘껏 사냥을 했다는 소문은 모두 이런 따위 말들이 뒤집혀 논란의 구실이 된 것임을 말이오. 그대는 어찌하여 나를 대신해 변론하지 않았습니까? 매는 밤에 풀어 놓을 수 있는 새가 아니고, 산협(山峽) 고을의 이교들이 그 많은 수의 말을 어디서 구할 수 있는지를 말입니다. _**「이중존에게 답함」(答李仲存書), 『연암집』 제2권**

6-3. 탐욕을 없애는 해독약은 어디에?

지난가을 아이들과 남녀 종들을 다 보내고 나니 관아가 텅 비어 아무도 없습니다. 내 곁에는 관인(官印)을 지키는 동자 한 명뿐인데, 밤마다 꿈을 꾸며 허공에 대고 울부짖으니 가엽고 딱한 생각이 들어, 자리를 바꿔 동헌(東軒)을 지키게 했습니다. 홀로 매화 화분 하나, 파초 화분 하나를 짝하여 삼동(三冬: 겨울 석 달)을 났습니다. 옛사람 중에 매화를 아내로 삼은 이*가 있다던데, 눈 내리는 날 푸른 파초는 마음을 나누는 벗이 될 만하더군요.

봄이 오자 위쪽 연못이 넘쳐 물이 섬돌을 따라 돌돌돌 소리내며 흐르는데 마치 거문고 타는 소리 같고, 대청 앞의 한 그루 배나무는 눈처럼 하얀 꽃으로 뒤덮였습니다. 배나무 아래 누워서 옥

* 송나라 때 임포(林逋)가 서호(西湖)의 고산(孤山)에 은거하여, 매화를 심고 학을 기르며 평생 독신으로 살았다. 사람들이 임포를 가리켜 '매화를 아내 삼고, 학을 자식 삼았다'[梅妻鶴子]라고 하였다.

같은 꽃잎과 구슬 같은 꽃술을 우러러보니, 위로 달빛을 받아 이슬방울이 서로를 비추더군요. 너무나 쓸쓸하고 고요한 풍경이었습니다. 홀로 「승천사기」(承天寺記)[†]를 읊다 보니, 정신이 맑아지고 온몸이 깨어나서 잠이 오질 않더군요.

아침에 일어나 보니 중존(仲存: 처남 이재성)이 보낸 편지가 와 있었습니다. 이 쓸쓸하고 외로운 사람을 이런 말로 위로하더군요.

> 예로부터 가족을 거느린 신선은 없었으니, 쓸쓸함이 무슨 장애가 되겠습니까. 쓸쓸해진 뒤에야 신선을 만날 수 있는 법입니다.

이 사람으로 말하면, 새로 급제한 늙다리 진사[老進士][‡]입니다. 아마도 선대부터 맺어 온 친분으로 그를 알고 계시리라 생각합니다. 맑은 창 아래에서 붓을 들어 손 가는 대로 그에 관하여 써 올립니다. 길사(吉士)께서 이끌어 주실 때는 바로 지금입니다. 다

† 송나라 문인 소식이 지은 「기승천야유」(記承天夜游)이다. 80자로 된 짧은 산문으로, 달 밝은 밤에 승천사로 벗을 찾아가 함께 거닐었던 일을 기록한 것이다.

‡ 연암의 처남 이재성은 1795년 45살의 늦은 나이에 진사 급제하였다.

만 세상 사람들이 그를 알아주지 않는 것이 안타까울 뿐입니다. 그의 맑고 깨끗함은 옥수(玉樹: 아름다운 나무)와 아름다움을 다툴 만합니다.

저는 천은(天恩: 임금의 은혜)을 두터이 입어 수령으로 한 고을을 전담하고 있습니다. 수령 노릇을 한 지 4년, 부엌에는 살진 고기가 있고, 곳간에는 여분의 곡식이 있으며, 하풍죽로당에는 맑은 정취가 있어 충분히 만족스럽습니다. 그러나 노쇠로 인한 병이 날로 깊어짐에 따라 집으로 돌아갈 생각 또한 심해지니 어찌하겠습니까. 천 리 멀리서 오랫동안 객지 생활을 하다 보니, 연암(燕巖)에서 밭 갈고 땅 파야 하는 시기를 자꾸 놓치고 있습니다. 이 점이 걱정스럽고 안타깝습니다.

일찍이 천고(千古)에 일 좋아하는 사람으로 이윤(伊尹)과 부열(傅說)보다 더한 이는 없다고 말한 적이 있습니다. 이들은 밭 갈고 물고기 잡고 담쌓고 흙 다지는 일을 다 끝내지도 않은 채, 남의 잔치에 바삐 달려가 감 놔라 배 놔라 훈수를 두거나 매실 식초를 넣어라 소금을 넣어라 떠들썩하게 참견했습니다.* 이 일은 본

* 이윤은 은나라 탕왕의 재상이고, 부열은 은나라 고종의 재상이다. 이윤은 탕왕의 신하가 되고 싶었으나 길이 없자 탕왕의 비인 유신씨가 시집올 때 종으로 따라온다. 요리사가 되어 탕왕을 음식으로 즐겁게 하여 마침내 발탁되었다. 부열은 부암의 들에서 담장 쌓는 일을 했는데, 고종이 꿈에서 만난 성인을 찾다가 똑같은 모습의 부열을 만나 재상으로 기용하였다.

래 자기 신분에 긴급하게 요구되는 것이 아니었습니다. 하물며 이른바 만 냥 태수(萬兩太守)†란 면면이 '산에서 멧돼지 잡으려다 도리어 집돼지까지 잃는' 자들이니 그 어떻다 하겠습니까? 득실을 비교한다면 누가 더 낫고 누가 더 못하다 하겠습니까? 심지어 세간에는 경쟁이 하도 심해 천 냥 태수 자리도 구할 수 없으니 더 말해 뭐하겠습니까?

어제 이웃 수령 두세 사람이 모여 복어를 끓여 먹었습니다. 부엌에서 일하는 사람이 복어알을 우물가에 버리더군요. 한 무리의 솔개들이 그걸 보고 한참 동안 공중에서 맴돌더니, 칼을 뽑듯 날개를 기울여 차례로 접근하다가 발을 오그리고는 몸을 돌려 가버렸습니다. 최후에 한 늙은 솔개가 대담하게 복어알을 한 번에 낚아채더니 하늘 높이 날아 맴돌다가 마침내 용마루에 떨구고 가버리더군요. 이후 까마귀 한 마리가 내려앉더니 한참 동안 곁눈질하다가 날아갔습니다. 집이 떠나갈 듯 일제히 웃으면서 말했습니다.

> 지독하구나, 이 사람이여! 먹을 것을 탐내는 솔개나 까마귀도 오히려 입과 배에 들어가는 것에 신중하여 이와 같이 살

† 녹봉을 많이 받는 고을의 수령을 말한다.

피는데, 동파(東坡) 노인은 죽음도 아랑곳하지 않는구나.*

조금 있다 그 까마귀가 검은 색깔의 큰 덩어리 하나를 물고 와서, 득의에 차 머리를 들었다 숙였다 하며 좌우를 번갈아 쪼아 허겁지겁 배불리 먹은 뒤, 부리를 기와 위에 문지르고 한 차례 까악 하고는 날아가더군요. 관노비를 시켜 천천히 살피게 했더니 조금 전에 물고 온 것은 바로 똥덩어리였습니다. 똥에 해독작용이 있기 때문입니다. 저 까마귀가 해독에 대해서는 지혜롭지만, 맛에 대해서는 잘 모르는가 봅니다. 세간에는 해독에 좋은 처방이 있는지 모르겠습니다. 저 오유선생(烏有先生)† 같은 분이 어디 있을까요? _「김우상(金右相)에게 올림」(上金右相書)‡, 『연암집』 제3권

* 소동파는 「4월 11일 여지를 처음 먹다」(四月十一日初食荔支)라는 시에서 '복어를 강물에 씻어 복부의 기름진 고기를 삶는다'(更洗河豚烹腹腴)고 썼다. 연암은 독 있는 복어를 먹을 정도로 식탐이 심한 소동파를 거론하여 인간들의 욕심을 유머러스하게 풍자하고 있다.

† 사마상여의 「자허부」와 「상림부」에 등장하는 가공의 인물이다. 오유선생(烏有先生)의 '오유'는 '어찌 이런 일이 있겠는가'라는 뜻으로 실재하지 않는다는 의미이다. 동시에 '오유'의 '오'(烏)는 복어알을 먹으며 똥으로 해독한 '까마귀'를 가리킨다. 연암은 탐욕이라는 독을 없앨 처방은 인간세계에는 없지만, 오로지 까마귀만이 해독법을 알고 있다는 뜻에서 '그걸 아는 선생은 없다'와 '까마귀 선생은 안다'라는 의미를 동시에 보여 주는 '오유선생'을 인용한 것이다.

‡ 1792년 우의정에 오른 김이소(金履素)에게 보낸 편지이다.

6-4. 귀양살이하는 이서구에게 보내는 편지

초가을에 아이 혼사(1795년 가을에 연암의 둘째아들 종채宗采가 처사 유영柳詠의 딸과 혼인함)를 치르기 위하여 서울에 갔다가, 중씨(仲氏)·계씨(季氏) 두 분 상사(上舍)[§]를 만나 그대의 형편을 대략 들었습니다.

내 비록 영해(寧海)를 보지는 못했지만, 아마도 천하의 동쪽 끝머리에 자리하여 위로는 푸른 하늘과 아래로는 새파란 바다가 아교로 붙이고 실로 꿰맨 듯이 닿아 있고, 보이는 건 낙지와 인어(人魚)뿐일 것입니다. 누구와 더불어 이웃이 될 수 있겠습니까? 임금의 은혜를 받들고 자신의 허물을 뉘우칠 따름입니다. 이 때문에 옛사람은 '어떤 상황에 처하든 도리에 따라 살지 않음이 없

※ 이서구는 전라 감사로 재직하던 중, 1795년(정조 19) 5월 전라도 내 진휼을 실시한 고을에서 굶어 죽은 사람들이 속출하여 치죄를 당하고 경상도 영해로 귀양을 갔다. 같은 해 11월 방면되어, 12월 성균관대사성으로 임명되었다.

§ 이서구의 동생 경구(經九)와 소구(韶九)를 일컫는다. 상사는 진사를 일컫는 말로, 두 사람은 1790년에 진사 급제하였다.

었습니다'(君子無入而不自得焉).* 그러니, 그대는 밝은 덕[明德]을 더욱 높여 나가기 바랍니다.

가을에서 겨울로 넘어가는 이때, 바람은 높고 서리는 깨끗하니 멀리 바라보며 사무치는 마음 더욱 간절했는데, 소곡(巢谷)† 이 홀연히 친필 편지를 전할 줄 어찌 생각이나 했겠습니까. 그때는 묵은 학질이 다시 발작하여 이불을 포개 덮고도 오한이 나서 부들부들 떨고 있던 참이었습니다. 그런데 편지를 받아들자 이불을 거뒀는데도 기쁨이 넘쳐 땀이 나고 등이 당기던 것도 바로 그치더군요. 편지를 보니 객지에서 신령의 가호를 입어 몸 건강하게 편히 지냄을 알 수 있었습니다. 하지만 제가 어찌 한(韓)나라 대부 장취(張翠)처럼 씩씩한 걸음으로 용감하게 그대에게 갈 수 있겠습니까.‡

* 『중용』 14장을 인용하여 말한 것이다. "부귀하면 부귀한 처지에 맞는 도리를 행하고, 빈천하면 빈천한 처지에 맞는 도리를 행하며, 오랑캐 땅에서 살면 오랑캐 땅의 처지에 맞는 도리를 행하고, 환란에 처하면 환란의 처지에 맞는 도리를 행한다. 군자는 어떤 상황에 처하든 그에 적합한 도리에 따라 살지 않음이 없다"(素富貴, 行乎富貴, 素貧賤, 行乎貧賤, 素夷狄, 行乎夷狄, 素患難, 行乎患難. 君子無入而不自得焉).

† 소곡은 송나라 때 미산 사람으로, 소식(蘇軾)과 소철(蘇轍) 형제가 영해(嶺海)에 유배되었을 때, 걸어서 소철을 방문한 뒤 소식을 만나기 위해 해남으로 가던 도중 신주에 이르러 병으로 죽었다. 연암은 자신을 아끼고 따르는 이서구를 소곡에 비유하였다.

‡ 중국의 전국시대, 초나라가 한나라의 옹씨 땅을 다섯 달 동안 포위하였다. 한나라는 진나라에 구원병을 요청하느라 사신들을 연이어 보냈으나 진나라는 허락하지 않았다. 한나라 대부 장취가 진나라에 사신으로 가게 되었다. 장취는 병을 핑계로 하루에 한 현만을 지나갔다.

상자평(向子平)처럼 자녀의 혼사도 다 치렀고[§], 도연명(陶淵明)처럼 뜨락엔 소나무와 국화가 그대로 있는데[¶], 어찌 이리 오래도록 밥 탐하는 늙은이가 되어 홀로 빈 관아를 지키고 있는지…. 다만 방안을 떠나지 않은 매화를 처경(妻卿: 아내 같은 재상)으로 삼고, 또 매화 옆에 자리한 작은 화분을 시녀로 삼을 따름입니다. 옛사람 중에는 파초를 벗 삼은 이가 없건만, 나는 유독 파초를 사랑합니다. 심지에서 나온 잎은 백 겹으로 말려 있지만 중앙은 본래 텅 비어 있어, 한번 잎을 펼치면 드러나는 무늬도 없고 가장자리를 휘감은 테두리도 없습니다. 나는 허전한 마음에 꾸밈없는 파초를 벗으로 삼아, 달 밝은 창이나 눈 내리는 창가에서 흉금을 터놓고 시원하게 속내를 이야기합니다. 파초는 중산군(中山君)처럼 말도 없이 달아나는 일 같은 것은 하지 않습니다.[**]

장취가 진나라에 이르자 진나라 승상 감무가 말했다. "한나라가 급하긴 급한 모양입니다. 선생께서 병이 났는데도 오신 걸 보니 말입니다." 이에 장취는 한나라가 아직 급하지는 않지만 급해질 것이라고 대답한다. 이는 한나라가 급하다면 초나라에 항복한 뒤 연합하여 진나라를 쳐들어가리라는 의미를 담은 말이다. 장취의 뜻을 알아들은 감무는 진나라 왕을 설득하여 한나라에 구원병을 보낸다. 연암은 병이 든 데다, 수령으로 재직 중이어서 이서구에게 갈 수 없었다. 이런 자신의 처지를 장취와 비교하여 해학적으로 표현한 것이다.

§ 후한 때의 은사(隱士) 상장(向長)의 자가 자평(子平)이다. 자평은 자식들을 다 결혼시키고 나서, 속세를 떠나 오악(五嶽)으로 들어간 뒤 자취를 감췄다.

¶ 도연명이 「귀거래사」(歸去來辭)에서 "세 갈래 지름길은 잡초가 우거졌으나, 소나무와 국화는 여전히 그대로 있네"(三徑就荒 松菊猶存)라고 하였다.

** 연암이 붓으로 혹은 글로 자신의 생각을 다 드러내기 어려움을 해학적으로 표현한 것이

생각해 보면, 젊을 때는 먹으면서도 치아를 잊어버려 딱딱한 음식이나 연한 음식이나 가리지 않고, 바람같이 혀를 놀리며 우레처럼 뺨을 울리면서도 물고 뜯고 씹고 우물우물하는 데 각각의 주된 작용이 있음을 의식하지 못했습니다. 근래 4년 사이에 잇몸이 모두 야단스럽게 들떠, 시고 짜고 따뜻하고 찬 것에 따라 통증이 각기 다르게 나타나니, 마시고 삼키는 잠깐의 일도 먼저 조심하게 되더군요.

지난가을에 왼쪽 뺨의 둘째 이가 갑자기 빠져 버렸습니다. 오른쪽 뺨의 셋째 어금니는 안쪽은 빠지고 바깥쪽은 걸려 있어 마치 마른 나뭇잎이 가지에 가까스로 붙어 있는 듯합니다. 말을 하고 숨 쉬는 사이에도 어금니가 뒤집혀서 붙었다 떨어졌다 하며 희미하게 잘그락잘그락 패옥 부딪히는 듯한 소리가 나더군요. 아, 이가 하나 빠진 뒤에도 여러 이가 남아 있지만, 남아 있는 이라 해서 어찌 내 것이라 할 수 있겠습니까.

아침 해가 비칠 때 창가로 가서 빠지려는 이를 자세히 들여다보니, 뼈도 아니요 돌도 아닌 것이 뿌리에 붙어 있는 부분이 너무

다. 중산군은 중산에서 나는 토끼털로 만든 붓을 의인화한 것이다. 붓은 중산에서 나는 토끼털로 만든 붓이 가장 좋다고 한다. 당나라 문장가 한유는 「모영전」(毛穎傳)에서 '붓은 중산 사람으로, 재빨라 달리기를 잘한다'고 표현하였다.

얕아서 쇠망치나 끌로 단단히 고정할 수 있는 게 아니더군요. 한 몸의 모든 힘과 원기가 그것들을 잡아두고 단속했으나, 피와 살이 점차 마르고 원기가 단속을 못 하게 되자 예전에 나를 위해 이롭게 쓰이던 것이 흩어져 먼저 무너져 버린 것입니다. 예로부터 천하의 대세가 진실로 대부분 이와 같습니다. 내 이제 이 하나가 빠졌을 뿐이지만, 또한 다시 어쩌겠습니까?

최근에 지은 졸작(拙作) 몇 편이 있어 기록하여 보냅니다. 적적함을 위로하고자 보내는 것이지만, 망령되이 글을 바로잡아 주는 일까지 바라는 바입니다. 글 말미의 평론[評語]은 모두 중존(仲存: 연암의 처남 이재성)이 쓴 것입니다.

겨울 날씨가 봄같이 따뜻합니다. 대감께서는 기체 더 건강히 보중하기를 바랍니다. 남은 말 많지만 이만 줄입니다. _「감사(監司) 이서구(李書九)가 귀양 중에 보낸 편지에 답함」(答李監司書九謫中書), 『연암집』 제3권

6-5. 연암이 사직서를 낸 이유

얼마 전 검사관으로 참여한 일*은, 여러 죄수들이 이미 모두 문초를 받았고 재차 공초(供招)를 앞두고 있습니다. 그 옥사의 실정에 대해서는 별도로 의혹을 가질 만한 단서가 없으니 문안(文案)은 이미 갖추어졌다고 말할 수 있습니다. 다만 미처 작성하지 못한 것은 언사(讞辭 : 판결문)뿐이었습니다.

제 병은 갑자기 심해져서 잠시도 머물러 있기 어려울 때가 있

* 연암은 정조 21년(1797) 7월 충청도 면천 군수로 부임하였다. 당시 충청도 일대에 심한 가뭄이 들어, 충청 감사 한용화(韓用和)가 조정에 조세감면 혜택을 청하는 장계를 면천 군수로 갓 부임한 연암에게 대신 지어 달라고 부탁했다. 연암의 친구인 공주 판관 김기응이 안의 현감 시절 의옥에 관한 소견서를 잘 썼던 연암을 적극적으로 천거했기 때문이다. 연암이 지은 장계로 조정의 윤허를 받자, 충청 감사는 연암을 자신의 측근으로 끌어들이려고 했다. 그리하여 연암을 도내의 옥사를 재심하는 심리관(審理官)으로 단독 차임(差任)하였다. 그때 감사가 도내 수령들의 고과(考課)를 함께 논의하자 했으나 연암은 이를 거부하였다. 감사는 이를 괘씸하게 여겨 연암을 수행한 아전을 잡아다 벌주고 연암에 대한 고과를 깎아내렸다. 이로 인하여 연암은 병을 핑계 삼아 감사에게 여러 차례 사직서를 올렸으나 반려되었다. 중간에서 난처해진 공주 판관 김기응은 연암에게 여러 차례 편지를 보냈는데, 이 편지는 김기응에게 보낸 답신 중의 하나이다.

음을 형께서만 잘 알고 있는 게 아니라 감사께서도 이미 두루 굽어 아셨을 것입니다. 또 임금께 장계를 올릴 날짜가 심히 촉박한 것도 아니니, 발미(跋尾)†를 완성하여 제출하는 일을 형이 혼자 하기 어렵다면 면천 관아로 돌아간 뒤에 서신으로 서로 의논하여 확정해도 여유가 많이 있을 듯합니다. 감히 물러나겠다고 알린 것도 이 때문이었습니다.

감사께서 면천 관아로 돌아가 몸조리하라고 허락했으며, 도중에 증세가 심해질까 매우 걱정하여 타고 가는 것까지 친히 물으며 편한 대로 하라고 했습니다. 그러니 병을 핑계 대고 사무를 피하여 하직 인사도 하지 않은 채 바로 돌아온 것이 아님이 분명하지 않습니까. 그런데 지금 당시 수행했던 아전을 뒤늦게 잡아다가 대신 형신(刑訊)‡을 받게 하니, 이런 일을 어찌 감히 생각이나 해봤겠습니까?

검사관을 다시 청하자고 한 일에 있어서는 형도 또한 '주선을 잘못했다'고 말할 수 있습니다. 검안을 바꾸는 것도 아닌데 검사관을 다시 정하여 이 많은 분란을 일으킬 필요가 있었습니까?

† 검시관(檢屍官)이 살인(殺人)의 원인과 정황을 조사하여 검안(檢案)에 기록(記錄)하는 의견서(意見書).

‡ 죄인의 정강이를 때리며 캐어묻는 일.

이러니저러니 막론하고 일이 이미 여기에 이르렀으니, 다만 돌아갈 '귀'(歸) 한 글자를 따를 뿐입니다. 사직서를 써 보내니 어떤지 찾아서 읽어 봐 주십시오. 노년에 서로 만나 머리가 희도록 사귀어도 늘 새롭더니, 갑자기 이런 낭패를 보게 되어 극도의 서운함만 마음에 맺히는군요.

귀하의 관아에 있을 때 처음에는 병이 없어 건강하게 밥 잘 먹고 잠 잘 자고 며칠을 편안히 지냈습니다. 그런데 어느 날 밥을 먹은 뒤 형과 마주하여 졸다가 가슴과 배 사이에 마치 물건이 걸려 있는 듯하여 깜짝 놀라 급히 따뜻한 물을 마셔서 넘겼더니, 층층으로 빙빙 돌아서 세 덩어리로 나뉘더군요. 생각건대 그 크기는 토란만 하고, 수레가 자갈길을 달리듯이 숨 쉴 때마다 서로 치받으며, 또 간혹 다섯 손가락으로 후벼 대는 것 같았습니다. 온몸의 맥이 모두 풀려 만사가 다 귀찮다가 잠깐 사이에 다시 정상으로 돌아오더군요.

이 뒤로는 연기처럼 홀연히 그 증세가 생기는데, 그때마다 식사를 전폐하고 차 달인 물만 마셨습니다. 형도 또한 이를 보고 걱정하였지요. 또 그 뒤로는 물이든 술이든 마시면 입안에 물고서 삼키는 것을 완전히 잊어버리니 마치 목젖이 없는 것 같았습니다. 수십 년 전에 이 증세가 있는 사람을 보았는데, 의원이 이를 심병(心病)이라 말하더군요. 심장의 피가 바싹 마르면 으레 이 증세가 생긴다고 하더이다. 지금 이 아우의 증상이 전에 들었던 것과 완전히 비슷해서 마음이 편치 않고 낙담하여 혼자 의심하고 있습니다. 저녁 사이에 가슴은 크게 두근거리고 배 속은 병 속의 흔들리는 물처럼 찰랑찰랑 꾸룩꾸룩 하더군요. 배 속의 소리는 들리지 않았지만 가슴의 두근거리는 증상과 서로 호응하므로 더욱이 혼자 의심하고 이상하게 여겼습니다. 그렇지만 실제로는 콕 집어낼 수가 없었지요.

또한 온몸이 허공에 둥둥 떠다니는 것 같아서 걸음을 걸어도 헛디뎌 땅을 밟지 않은 듯하니, 마음이 편안하지 않았습니다. 형과 하루종일 한담을 나눌 때도 소리가 제 입에서 나온다는 사실을 완전히 잊었고, 형의 말소리 또한 제 귀에 들어온 적이 없음을 깨닫고는 이 몸이 내 것인지 아닌지 더욱 의심이 생겼습니다. 이와 같은 이상한 증세는 여기에 그치지 않았습니다.

돌아온 날 저녁 잠을 자고 새벽에 막 깨어났을 때, 왼쪽 머리와 안면이 아프지도 않고 가렵지도 않으며, 갑자기 흐릿해지는 것 같고, 입가와 눈꼬리가 땅기고 떨리며 경련이 일어나므로 크게 놀라 일어나 앉아 급히 병풍 건너편에서 자는 이를 불렀습니다. 촛불을 켜는 사이 이 증세는 바로 그쳤으나 안면의 마비 증세는 계속되어 손으로 만져도 남의 살 같더군요.

지금 이 모든 증세가 형과 마주 앉은 요 며칠 동안 일어나 귀찮은 마음이 저절로 생겨났으나, 억지로 세수하고 빗질을 했던 것이라오. 이 같은 증상은 다른 사람이 세세히 살필 수 있는 것이 아니라서 형에게 장황하게 말하지 않았습니다. 듣기 좋은 얘기도 아니고, 얘기하면 으레 병자를 위로하여 마음을 편히 해주려 애쓸 것이기 때문입니다. 이런 이유로 객지에 머물기가 한시도 어려워서 급급히 사직하고 물러난 것입니다. 이로 인해 죄를 얻은 것은 실로 본의가 아니었으나 부끄러운 마음 어찌하겠습니까?

귀하의 고을 의원은 이미 홍주(洪州) 관아로 떠나서 진찰을 받지 못했습니다. 의원이 돌아오면 이 편지에 기록된 모든 증세를 자세히 의논해 주기 바랍니다. 만일 형이 가보기를 권하여 의원이 승낙한다면, 나중에 인편으로 자세히 알려 주십시오. 마부와 말 등 오가는 데 필요한 모든 것은 제가 채비해서 보내겠습니다. _「공주 판관 김응지(金應之)에게 답함」(答公州判官金應之書), 『연암집』 제2권

6-6. 이미 엎지러진 물은 닦아서 말끔하게!

이번의 시끄러웠던 일은 단지 묵은 병이 객지에서 돌연 심해졌기 때문인데, 아주 잠깐 사이에 온갖 문제를 일으켰으니, 재앙이 나로 말미암아 일어난 것이라 누구를 원망하고 누구를 탓하겠습니까?

감사께서 한결같이 고심하는 이유는 문장을 몹시 사랑하기 때문이니, 이로 인해 언사(讞辭 : 판결문)가 반드시 내 손에서만 나오게 하려 했던 것입니다. 비직(卑職 : 연암 자신을 가리킴)이 어처구니없이 괴이하게 행동한 이유는 불쌍히 여겨 허락해 주리라 망령되이 믿었기 때문입니다. 돌아온 뒤에 수행했던 아전을 잡아가리라고는 미처 생각지 못했습니다. 시작할 때는 사귐이 얕은데 흠모가 지나치게 깊었고, 끝날 때는 마음이 아직 미덥지 못한데 의심과 노여움이 멋대로 생겨났으며, 병이 이미 까닭 없이 생겼는데 애초의 바탕을 다스리지 않았으며, 의심한 것은 본심이 아닌데 좋아하고 싫어하는 마음이 지나치게 변덕스러웠던 것입니다.

의서(醫書)에 이른바 '각궁반장'(角弓反張)*의 증세가 불행히 도 여기에 가깝다 할 것입니다. 각궁(角弓: 무소뿔로 만든 활)은 그 자체로 굳센데 쇠심줄과 부레를 새로이 접합하면 잡아당기는 데도 힘을 넘치게 써야 합니다. 그러다 보면 활시위와 활고자가 한 계치를 넘어 당겼던 것을 놓기도 전에 양쪽 활고자가 먼저 튕겨 나갑니다. 통상으로는 위와 아래가 통하지 않는 것을 관격(關格)† 이라고 합니다만, 의가(醫家)에서는 머리와 발뒤꿈치는 바닥에 닿는데 배와 등은 들리는 증상을 활이 뒤집히는[反張] 모습에 비유하여 쓰고 있습니다. 지금 제 증상을 살펴보면 어찌 이와 유사하다고 하지 않겠습니까?

어젯밤 관아의 하인이 탕약을 올리다가, 손을 놓쳐 그릇을 떨어뜨리는 통에 책상과 자리가 흥건히 젖었습니다. '팔뚝을 당기거나 팔꿈치를 비틀어서 놓친 것'이라 말하자니 곁에 다른 사람이 없었고, '잠깐 사이에 태만해서 놓쳤다'고 말하자니 약물이 그득한 대접을 조심스럽게 들었음에 틀림없고, 또 '일부러 발을 헛디뎌 엎었다'고 하자니 그의 본심에 크게 맞지 않습니다. 그러니

* 각궁반장이란 몸이 뒤로 젖혀지는 증상이다. 등이 가슴 쪽으로 휘어들어 반듯이 누울 때 머리와 발꿈치만 바닥에 닿고 등이 들리는 모습이 활 같다고 해서 붙여진 이름이다.

† 먹은 것이 갑자기 체하여 계속 토하고, 대소변을 보지 못하는 병증.

어찌하겠습니까? 이미 엎질러진 물이라 다시 담을 수는 없는 터, 다만 닦아서 말끔하게 할 따름입니다.

사직서가 기각되매 한 가지 병의 증세가 더해졌습니다. 마음이 조급하고 답답해짐에 어찌 끝이 있겠습니까? 그러나 관인(官印)을 던지고 돌아가는 일은 조정에서 명령을 내려 엄중히 경계할 뿐만 아니라, 인사고과를 앞두고 있으니 어찌 스스로 혐의를 돌아보지 않고 곧바로 발끈 성내어 돌아갈 수 있겠습니까?

철 지나 피어 있는 매화가 한 해를 전송하는데, 쌀쌀맞게 매정한 말이나 하고 있으니 느닷없이 서글픔만 더할 뿐입니다. _「응지에게 답함」(答應之書), 『연암집』 제2권

6-7. 연암의 인사고과에 얽힌, '재미난' 이야기

일전에는 공무(公務)와 개인사가 괜스레 복잡하고 지나치게 바빠 편지를 올리지 못해, 장리(狀吏: 공문을 전달하는 아전)가 떠났는지의 여부를 물어보니 잠깐 사이에 벌써 출발했다고 하더군요. 아쉽고 섭섭한 마음 이루 말할 수 없었습니다. 틀림없이 내가 편지를 쓸 뜻이 없어서 답장을 하지 않았다고 생각했을 겁니다. 형이 먼저 보낸 짧은 편지를 받아 보니 과연 내가 짐작한 그대로더군요. 견딜 수 없이 송구스럽고 부끄러웠습니다. 이 아우가 어찌 이처럼 졸장부이겠습니까? 한 번 실망했다*고 하여 멍하니 바보처럼 앉아 허공에다 '허참, 괴상한 일이로다'[咄咄怪事]라는 글자나 끄적거리고 있겠습니까?† 어찌하여 이 사람을 점점 더 부끄러

* 연암이 1798년 1월의 인사고과에서 '상중하'의 '중'을 받은 사실을 말한다.

† 중국 동진(東晉)의 은호(殷浩)가 조정에서 쫓겨나자 입으로 원망하는 말을 내지 않고, 온종일 집에 틀어박혀 허공에다 '돌돌괴사'(咄咄怪事) 네 글자만 쓰며 지냈다는 고사에서 나온 말이다. '돌돌괴사'는 '허참, 괴이한 일이로다'라는 뜻으로 크게 실망하여 탄식하는 말이다.

워 죽을 지경에 이르게 하십니까?

보름날 아침에 여러 고을 아전들이 포사문(布司門) 밖에 떼지어 모여 있더군요. 마치 과거 시험장에서 글제를 내걸면, 과거 보는 선비들이 언 붓에 입김을 불어 녹이며 어깨를 밀치고 발을 밟으면서 글제를 베껴 풀이하는 것처럼, 수수께끼 같은 말을 서로 외치고 있었습니다.

"기주(冀州)의 전부(田賦)인가?"‡

"단공(亶公)이 달려가는가?"§

"변자(卞子)에게 상투가 없는가?"¶

"복씨(卜氏)가 일(一) 자를 머리에 이었는가?"**

‡ 인사고과에서 상등을 받았냐고 묻는 것이다. 기주는 고대 중국의 구주(九州)의 하나로 지금의 산서성(山西省) 전부와 하북성(河北省)·하남성(河南省)·요령성(遼寧省) 일부를 포함하는 지역이다. 『서경』「우공」(禹貢)에 '기주(冀州)는 토지 등급이 상상(上上)으로 간혹 차상이 섞였다'고 하였다. 전부(田賦)는 곡물로 바치는 세금을 말하는데, 상상(上上)에서 하하(下下)까지 구 등분으로 차등을 두었다.

§ 인사고과에서 하등을 받았냐고 묻는 것이다. 단공은 주족의 시조로, 주나라 문왕의 할아버지인 고공단보이다. 오랑캐에게 살던 땅을 주고 기산으로 이주하였다. 『시경』「대아」편 "이른 아침에 말을 달려 서쪽 물가를 따라 기산 아래에 이르셨다"(來朝走馬 率西水滸 至于岐下)는 구절을 인용하여 '기산 아래'(岐下)의 '下'를 연상하도록 하였다.

¶ 인사고과에서 하등을 받았냐고 묻는 것이다. '변(卞)' 자에서 상단의 점이 없으면 '아래 하(下)'가 된다. 변자(卞子)의 자(子)는 존칭인데, 여기서는 '글자 자'(字)를 뜻하며, 상투는 변자 꼭대기의 점을 해학적으로 표현한 것이다.

** 인사고과에서 하등을 받았냐고 묻는 것이다. '복'(卜) 자 머리에 '한 일'(一) 자를 얹으면 '아래 하'(下)가 된다.

"정일(精一)을 잡았는가?"*

"자막(子莫)이 잡았는가?"†

"어떤 장리(贓吏: 뇌물을 받거나 횡령한 관리)를 잡았는가? 수배(隨陪)를 잡았다네."‡

그러자 온 장내가 떠들썩하니 크게 웃으며 말하더군요.

"나는 네 원님이 음관(蔭官)인 줄 알았더니, 지금 활을 교묘하게 쏘아 신기하게 맞혔으니§, 네 원님이야말로 활을 잘 쏜다고 일컬을 만하구나. 혹시 네 원님은 하급 무관(武官)이 아니더냐?"

이렇듯 우리 면천 고을의 아전들이 큰 수치를 당하고 돌아왔다더군요.

이 아우는 이불을 뒤집어쓴 채 아침 죽을 먹던 차, 그 이야기

* 인사고과에서 중등을 받았냐고 묻는 것이다. 『서경』「대우모」(大禹謨)의 "정밀하게 살피고 한결같이 지켜야 진실로 그 중(中)을 잡으리라"[惟精惟一 允執厥中]라는 구절에서 '중'의 뜻을 취한 것이다.

† 인사고과에서 중등을 받았냐고 묻는 것이다. 『맹자』「진심 상」(盡心上)에서 "자막은 중도(中道)를 취했다"(子莫執中)라는 말을 인용하여 '중'의 뜻을 취한 것이다.

‡ 수배(隨陪)는 원님이 행차할 때나 전근할 때에 따라다니는 아전이다. 충청 감사 한용화가 면천 군수 연암이 자기 말을 듣지 않는데 화가 나서, 연암을 수행했던 아전을 잡아다 벌주고, 인사고과의 점수를 깎은 것을 풍자한 말이다.

§ 충청 감사 한용화는 연암에 대해 "다스림은 구차스럽지 않으나 병이 간혹 교묘하게 발동한다"(治則不苟, 病或巧發)라고 제목을 쓰고 고과를 상(上)에서 중(中)으로 깎아내렸다(『과정록』過庭錄 권3). 아전들이 이 말을 '활을 교묘하게 쏘아 신기하게 맞춘다'(巧發奇中)로 바꿔 풍자한 것이다.

를 듣고는 저도 모르게 큰 웃음이 터져 배를 부여잡고 킥킥거렸습니다. 갓끈이 썩은 나무 부러지듯 끊어지고, 입속의 밥알이 벌떼같이 뿜어져 나올 정도였지요. 비유하자면 독한 종기가 완전히 곪아서 대침으로 찔러 터트렸을 때 고름이 튀어 옷은 비록 더럽혀져도 기분은 홀연히 개운해지는 것과 같았습니다.

우리나라 속담에 이런 말이 있습니다.

'삼정승 사귀려 말고 제 한 몸 조심하라.' 이는 스스로 힘쓰라는 말입니다.

'네 쇠뿔 아니면 내 집이 왜 무너지랴.' 이는 남을 허물하는 말입니다.

'밤에는 흰 것을 밟지 말라. 물 아니면 돌이니라.' 이는 밤길 가는 사람에게 조심하라는 말입니다.

'나올 때 고개 숙이고 들어갈 때 허리를 굽히는 것은 문을 공경해서가 아니다.' 이는 다른 사람들과의 충돌을 경계하는 말입니다.

'주인집에 장(醬)이 떨어지니 손님이 국을 사양한다.' 이는 주객이 다 편안한 것을 이른 말입니다.

이 몇 가지 속담으로 보자면, 형의 충고는 나를 어느 방향으로 이끄는 것인지 모르겠습니다.

지금 할 수 있는 최선은 마무리를 잘하는 것이고, 마무리를 잘하기 위한 최선은 그 떠나고 머물기를 잘하는 것입니다. 오래 머물 만하면 오래 하고 속히 떠날 만하면 속히 하는 데 있어서는 망령되이 성인(聖人)의 시중(時中)*에 견주지는 못합니다. 그렇지만 대충 거칠게 움직여 사람들의 비웃음을 받아서야 되겠습니까? _「응지에게 답함」(答應之書), 『연암집』 제2권

* 『맹자』「만장 하」(萬章 下)에서 "속히 떠날 만하면 속히 떠나고, 오래 있을 만하면 오래 있고, 물러날 만하면 물러나며, 벼슬할 만하면 벼슬한 분이 공자이시다"(可以速則速 可以久則久 可以處則處 可以仕則仕 孔子也)라고 하였다. 맹자는 공자를 '시중'(時中), 곧 때에 맞게 행동한 성인이라고 칭송하였다.

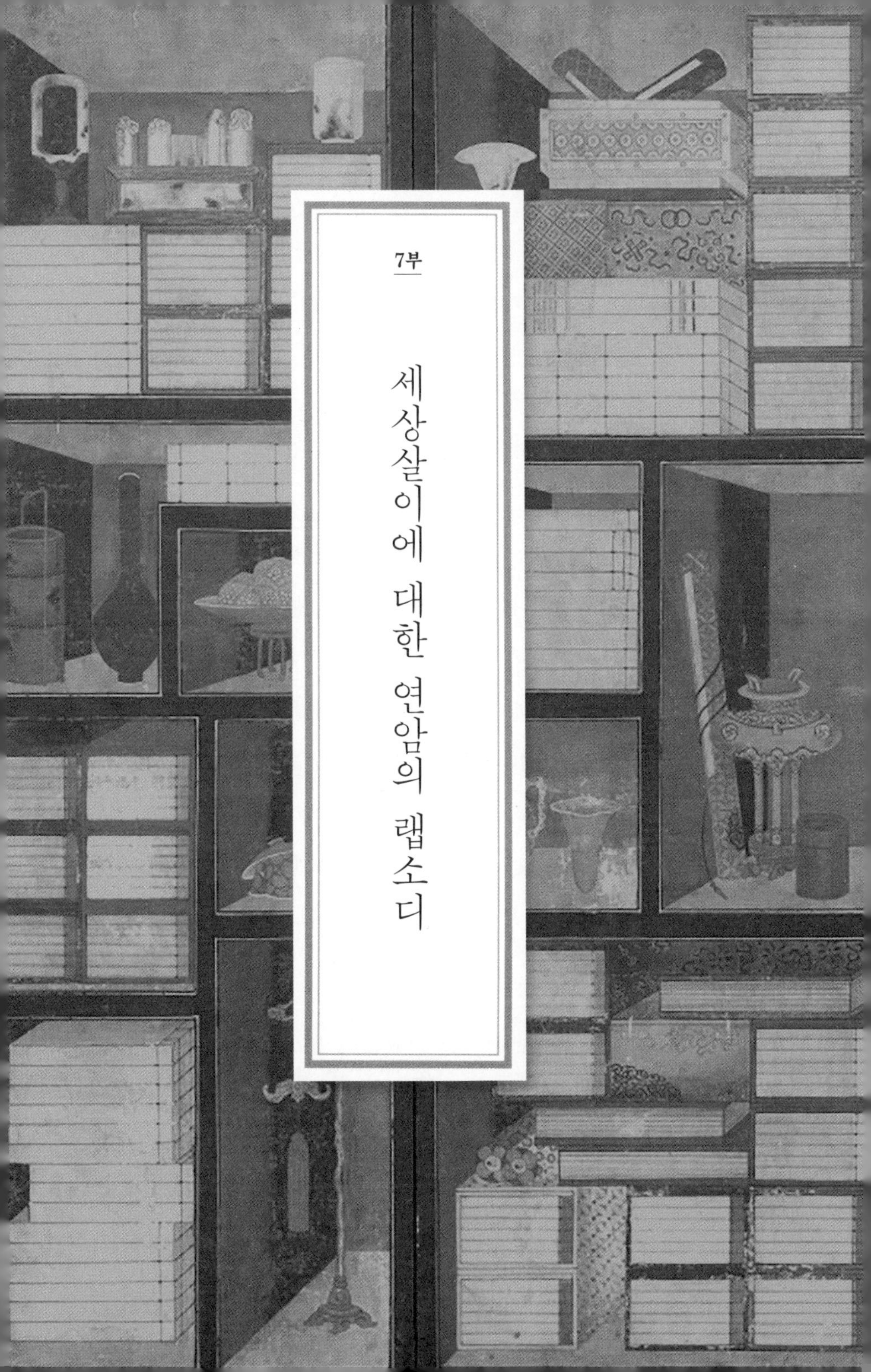

7부

세상살이에 대한 연암의 랩소디

7-1. 한 해가 다 가도록 무엇을 하고 있느냐?

『아동기년』(我東紀年)* 두 권을 지었으나 실로 소략한 부분이 많아 한숨이 나오는구나. 그렇지만 요긴하게 검토하기에는 괜찮으니 뇌아(賴兒: 연암의 둘째아들 박종채의 아명)에게 주어 수시로 자세히 보게 하면 좋겠구나. 나이 어려 총명할 때 읽어야 하느니라.

『박씨가훈』(朴氏家訓)† 한 권은 올라갈 때 가져갔느냐? 선조의 이름은 휘(諱)해야 하니, 이름 위에 푸른색 종이를 붙이는 게 어떻겠느냐? 이 책은 절대 남에게 빌려주지 않았으면 하는데, 어떻게 생각하느냐? 잃어버리기 쉽기 때문이다.

『소학감주』(小學紺珠)‡는 힘들고 고생스럽게 베껴 놓았는데

* 연암이 지은 기전체 양식의 우리나라 역사서. 현재 전하지 않는다.

† 반남 박씨 집안에 전해지는 교훈서인 듯하나, 현재 전하지 않는다.

‡ 중국 송나라 때 왕응린(王應麟)이 편찬한 책이다. 천도(天道)·율력(律曆)·지리(地理)·인륜(人倫)·성리(性理)·인사(人事)·예문(藝文)·역대(歷代)·성현(聖賢)·명신(名臣)·씨족(氏族)·직관(職官)·치도(治道)·제도(制度)·기용(器用)·경계(儆戒)·동식물(動植物) 등을 분류하여 엮은 책이다.

까닭 없이 분실했으니 어찌 심하게 애석하지 않을 수 있겠느냐? 책에 대해 이렇게도 성의가 없는 너를 보면, 늘 화가 나는구나.

나는 공무를 보는 틈틈이 한가할 때마다 글을 짓거나 혹은 법첩(모범적인 글씨를 모아 놓은 책)을 놓고 글씨 연습을 하고 있다. 너희들은 한 해가 다 가도록 무엇을 하고 있느냐? 나는 4년간 『강목』(綱目)§을 집중적으로 보았는데, 두세 번 두루 살폈지만 늙어서 그런지 책을 덮으면 번번이 잊어버리더구나. 어쩔 수 없이 소책자로 한 권의 초록본을 만들었으나 그렇게까지 요긴한 것은 아니었다. 그렇지만 근질근질 재주를 쓰고 싶어 그만둘 수가 없구나. 너희들이 하는 일 없이 날을 보내고, 어물쩡 안일하게 해를 보내는 걸 생각할 때마다 안타깝기 그지없다. 한창 젊은 나이에 이러면 늙어서는 어찌 살려고 그러느냐? 우습고도 우스운 일이다!

고추장 작은 단지를 보내니 사랑방에 두고 식사 때마다 먹거라. 괜찮을 게다. 내가 손수 담갔는데 아직 다 익지는 않았다.

§ 중국 송나라 때 주희가 편찬한 역사서이다. 송나라의 사마광이 지은 『자치통감』을 『춘추』의 체재에 따라 중요한 사항을 강(綱)으로 삼고, 부수적인 세부항목을 목(目)으로 삼아 만든 편년사이다.

보내는 물건

포 세 첩

감떡 두 첩

장볶이 한 상자

고추장 한 단지

_「아이들에게 보내는 안부 편지」(寄兒輩平書), 『연암선생서간첩』

7-2. 할아버지가 된 연암의 기쁨!

초사흘에 관아의 하인이 돌아오면서 기쁜 소식*을 갖고 왔더구나. '응애응애' 아기 울음 소리가 편지에 가득한 듯하구나. 세상사 즐거움 중에 이보다 더한 일이 어디 있겠느냐? 육순 노인이 이제부터 엿을 오물거리며 손주를 데리고 놀 뿐 달리 무슨 즐거움을 구하겠느냐? 또 초이틀에 보낸 편지를 다시 보니 며느리의 산후 증상이 아직도 심하다고 하여 몹시 염려되는구나. 산후 복통에는 모름지기 생강나무를 달여 먹어야 하니, 두 번 복용하면 바로 나을 것이다. 이는 네가 태어났을 때 시험해 본 것으로 노의(老醫) 채응우(蔡應祐)가 내려 준 처방이란다. 신통한 효험이 있으므로 알려 준다.

내 지난번 편지에서 말한 대로 순행하여 초엿새에 수송대에서 노닐고 저녁에 관아로 들어왔다가 이튿날 아침 죽리관에서 노

* 연암의 큰아들 박종의(朴宗儀)가 아들을 낳았다는 소식. 손자의 이름은 효수(孝壽)다.

널었다. 모인 사람은 거창 현감, 단성 현감, 대구 판관인데 잔치가 자못 흥겨워 크게 즐거워하다 돌아갔다. 신관은 그윽하고 조용하여 화죽당 등의 건물보다 훨씬 낫구나. 너희들이 이 안에서 글을 읽지 못하는 게 안타깝구나.

오늘은 손자의 삼칠일이다. 관속 2백여 명이 아침에 국과 밥을 보내와 떠들썩하게 기뻐하며 축하해 주더구나. 경술년 원자가 탄생하신 날 산해진미를 갖추고 신하들이 기쁨에 넘쳐 박수치며 춤을 추었단다. 억조창생을 북돋아 주시는 성상(聖上)의 마음이 어떠셨을지 오늘에야 비로소 우러러 헤아리게 되는구나. 하고 싶은 말이 많지만 이만 줄인다. _「아이들에게 보내는 편지」(寄家兒輩), 『연암선생 서간첩』

7-3. 하나하나 구체적으로 알려다오!

너는 첫 편지에서 '태어난 아이가 미목이 명민하고 수려합니다'고 하고, 두번째 편지에서 '점점 충실해지는데 아이의 됨됨이가 그리 허술하지는 않습니다'라고 하고, 간이는 '골상이 비범하다'고 편지에 썼더구나. 대체 이마의 양쪽이 넓다든지 솟았다든지 봉긋하다든지 모났다든지, 정수리가 평평하다든지 둥글다든지 왜 하나하나 구체적으로 쓰지 않는 것이냐? 통 알 수 없어 답답하구나.

올해 승상(升庠)* 시험이 실시된다고 하더냐? 꼭 보지 않아도 괜찮다. 광주의 전장(田庄)† 일은 어떻게 되었느냐? 이번 순력(巡

* 승상시(升庠試)를 말함. 승학시(升學試) 또는 승보시(陞補試)라고도 부른다. 소과(小科) 초시(初試)에 해당하는 시험으로, 성균관 대사성(成均館大司成)이 사학(四學)의 유생들에게 매년 10회, 나중에는 1회에 걸쳐 시행하였다. 입격자에게는 생원시나 진사시에 응시할 수 있는 자격이 주어졌다.

† 연암 집안의 전장(田庄)이 경기도 광주와 황해도 배천에 있었다. 광주에는 조부인 박필균(朴弼均)을 비롯하여 친척들의 묘가 여럿 있었다.

歷 : 조선시대 감사가 도내의 각 고을을 순찰하는 제도) 때 들어간 비용이 너무 막대하여 가만히 앉아만 있어도 임기를 다 마치기 전에 한 푼도 남는 것이 없을 듯하구나. 빚만 안 져도 다행이다. 모름지기 이 뜻을 잘 헤아려 준다면 더없이 좋겠다.

앞서 보낸 쇠고기 장복이는 제대로 받아서 아침저녁 반찬으로 잘 먹고 있느냐? 어찌하여 한 번도 좋은지 어떤지 알려 주질 않니? 참으로 경우 없다, 경우 없어. 나는 장복이가 포첩이나 장조림 같은 반찬보다 더 낫더라. 고추장은 내 손으로 담근 것이니, 맛이 좋은지 어떤지 상세히 알려다오. 너희들 의견에 따라 계속해서 장복이와 고추장을 인편에 보낼지 말지 결정하마. 화축(花軸)은 둘 다 아름답고, 서책 두 종류는 더욱 심오하구나, 죽관(竹館)*에서 아주 맑게 완상할 수 있겠더구나. 청장(이덕무의 호)의 행장은 대략 그림자처럼 비슷하게는 지었으나 아직 탈고는 못했다. 이런 상황을 청장의 아들에게 전해 주면 어떻겠니? 완성되면 마땅히 사람을 보내마.

초여름 보름에서 20일 사이 만일 다른 걱정거리가 없으면 내려와 주기를 바란다. 네 동생과 함께 와도 좋고, 오고 싶어 하는 다른 이와 함께 와도 괜찮다. _『연암선생서간첩』

* 안의 관아에 연암이 지은 하풍죽로당(荷風竹露堂)의 죽관(竹館)을 말함.

7-4. 공책을 보내노니, 글로 가득 채우길

초당에 해는 길고
뜰 가득 푸르게 녹음이 드리웠네.
때때로 꾀꼬리 날아와
꾀꼴꾀꼴 벗을 부르는구나.
이 안에서 글 읽는 사람
굶주림에도 편안하여 문밖을 나가지 않노라.
지금 공책 두 권을 보내노니
모름지기 글 지어 가득 채우시길.

범수(처남 이재성의 맏아들을 말하는 듯)의 혼처는 아직 정하지 않았는가? 혼사는 큰일이니 지금 정해 두어 겨울 무렵에 혼례를 치르면 좋을 것 같네. 이 몸은 벗어날 방법이 없고 그대는 한양에서 하는 일이 없으니 새로 서늘해지는 틈을 타서 내려오는 것도 괜찮지 않겠는가? 아이가 내달 초에 보러 오기로 했는데 그때 성위

(聖緯)[*]와 나란히 말을 타고 함께 오면 좋을 듯싶네. 말을 세내어 온다고 무슨 꺼릴 일이 있겠는가? _「중존에게」[濟洞][†], 『연암선생서간첩』

* 성위(聖緯)는 이희경(李喜經)의 자이다. 이희경은 아우 이희명(李喜明)과 함께 연암의 문하생이 되었으며, 중국을 다섯 차례나 다녀왔다.

† 제동(濟洞)은 지금의 서울시 종로구 계동 일대를 말한다. 편지 겉봉에 '제동'이라 표시한 것은 처남 이재성에게 보내는 편지다. 연암은 현감으로 재직했던 안의에서 돌아온 후 여생을 보내기 위해 제동의 과수원을 구입하였다. 이곳에 터를 닦아 흙벽돌로 집을 지었으니, 계산초당(桂山草堂)이다. 처남 이재성은 제동 가까운 소안동에 살았는데 집이 좁아 이곳 계산초당에 와서 거처했다

7-5. 과거 공부에나 매달리는 시시한 선비는 되지 마라!

말 위에서 갑자기 네 이름이 떠올랐는데, 탐탁잖구나 탐탁잖아. 그 이름은 박유선(朴諭善)의 아들 이름[‡]으로 나와는 잘 지내지만 그 모습이 탐탁잖아 내가 무척 싫어하는데, 어떻게 네 이름을 그와 똑같이 짓겠니? 이제부턴 세상 사람들에게 종하(宗何)로 불리면 좋겠구나. 자는 가인(可人)이라 하고, 네 형의 자는 의인(義人)이라고 하는 게 좋겠다.

『오례통고』(五禮通考)[§]는 꼭 구해 두고 싶다만 지금은 재정이 부족하니, 책 파는 사람이 급하게 쓸 데가 있다고 하면 예닐곱 냥을 먼저 주는 게 좋겠다. 그가 이 돈을 먼저 요청했기 때문이다.

‡ 박유선은 박성원(朴聖源)으로 그의 아들은 박종주(朴宗柱)이다. 박유선은 세손 시절의 정조를 가르쳤다.

§ 청나라 건륭황제 때 진혜전(秦蕙田)이 역대 중국의 의례를 집대성한 문헌으로 총 262권이다.

선창 읍에서 안(安) 사돈*을 찾아가 뵈었는데 지극히 법식을 지키는 선비요, 세상과 담쌓은 한 분의 노유(老儒)더구나. 손주가 조부를 빼닮았는데 몹시 사랑스럽더구나. 내가 이번 행차†에는 병세가 유달리 가볍지 않았는데 마침 두 선비가 호위해서 와준 덕분에 지금 편안히 관아에 도임하였다. 천신만고를 모두 견뎌낸 참이다.

너희 형제는 모두 염두에 없는데, 다만 잊히지 않는 사람은 효수(연암의 손자)뿐이니, 우습구나 우스워. 너는 반드시 마음을 보존하고 성품을 길러 뜻이 넓고 굳세며 원대한 선비가 되어야만 한다. 과거 공부에나 매달리는 시시한 선비[小儒]는 되지 않았으면 좋겠구나.

광엽(연암 집안의 청지기)이는 아직도 소식이 없느냐? 괴이하다 괴이해. 만일 내게 온 편지가 있으면 잊지 말고 찾아 보내어 이 답답함을 깨트려 주면 어떻겠느냐? 벼룻집 속에 있는, 성위(聖緯: 이희경)가 분지(粉紙)‡에 쓴 초서(草書)를 싸서 보내 주면 좋겠구

* 연암의 큰아들 박종의의 장인 안휘(安彙). 첫부인 덕수 이씨가 1788년 종의가 23세 되던 해에 역병으로 사망하여, 후에 순흥 안씨에게 장가갔다.

† 연암은 1797년 7월 면천 군수에 임명되어 부임길에 오른다. 그 부임길은 한양에서 과천, 수원, 진위, 평택, 신창을 거쳐 면천으로 이어졌다.

‡ 무리풀을 먹이고 다듬어서 만든 빛이 희고 단단한 두루마리. 전라도에서 생산된다.

나. 이방익(李邦益)의 전을 짓는 것이 당장에 급한 일이니 초정 박제가(朴齊家)와 영재 유득공(柳得恭) 두 벗을 찾아가 황급히 써서 제출해야 한다는 뜻을 전하면 어떻겠느냐? 할 말은 많지만 이만 줄인다. _「작은 아이에게」(濯研齋 詞幌), 『연암선생서간첩』

7-6. 평생 가난했던 선비를 슬퍼하며

뜻하지 않게 종놈이 편지를 갖고 왔더구나. 편지를 열어 반도 채 읽지 않아서 한 글자에 한 번씩 눈물이 흐르고 천 마디 말에 눈물 바다가 되어 종이가 온통 젖어 버렸다. 이런 일들은 내 일찍이 두루 겪었던 일들이라, 더욱 마음이 저리고 뼈에 사무쳐 어찌 콩알 같은 눈물을 떨어뜨리지 않을 수 있겠느냐.

아, 세상의 가난한 선비들 중에 천 가지의 원통함과 만 가지의 수치심을 품고도 끝내 풀지 못하는 이들이 있지. 성(城) 하나를 맡아 국가의 보루가 되었지만, 불행히도 강성한 이웃 나라와 거센 적군이 번갈아 침략하여, 운제(雲梯: 구름사다리)와 충거(衝車: 성을 공격할 때 사용하는 전차) 등 갖가지 전술로 공격해 오는데, 밖으로는 개미 정도의 작은 구원군조차 끊어지고 안으로는 참새, 쥐, 말, 첩의 고기까지 다 떨어져 마침내는 간과 뇌가 성과 함께 으스러지는* 경우 말이다. 그래도 뜻을 버리고 몸을 굽히지 않은 것은 지켜야 할 바가 있다고 생각했기 때문이야. 그렇기 때문에 살아서는 충성스러운 신하가 되고 죽어서는 의로운 귀신이 되었으며, 아내는 봉작(封爵)되고 자손들은 음직(蔭職)을 얻어 만세토록 길이 영화를 누렸으며, 이름이 역사에 길이 빛나고 제사가 끊어지지 않았던 것이지.

가난한 선비가 절개를 굳게 지킬 때, 그가 겪는 고생과 근심이 열사(烈士)가 고립된 성을 지킬 때와 어찌 조금이라도 다른 것이 있겠느냐. 그 또한 '나는 지키는 바가 있다'고 말했겠지. 그런데 가만히 평생을 돌이켜 보면, 효제충신(孝悌忠信)과 예의염치(禮義廉恥)는 자취 없이 사라져 버리고, 늘그막에 이룬 것이라고는 도랑에서 목매어 죽은 필부들[†]을 본받은 데 지나지 않아. 그리하여 살아서는 옹졸한 사내요 죽어서는 궁한 귀신일 따름이며,

* 당나라 현종 천보 14년(755년) 안록산(安祿山)이 어양에서 반란을 일으켜 장안을 향해 파죽지세로 밀려올 때, 어사중승(御史中丞) 장순(張巡)은 태수(太守) 허원(許遠)과 함께 수양(睢陽)에서 반란군에 맞서 싸웠다. 이들은 안록산의 군대에게 포위되어 2년을 버텼으나, 원군은 오지 않았다. 마침내 식량이 떨어져 병사들이 굶어 죽기 시작하자, 장순은 자신의 애첩을, 허원은 종을 죽여 군사들을 먹였다. 갑옷까지 삶아 먹으면서 버텼지만 끝내 성이 함락되었다.

† 『논어』「헌문」(憲問)에서 공자는 "관중(管仲)이 환공(桓公)을 도와 제후(諸侯)의 패자가 되어 한 번 천하를 바로잡게 한 덕분에 백성들이 지금까지 그 혜택을 받고 있으니, 관중이 없었다면 우리는 머리를 풀고 옷깃을 왼편으로 여미는 오랑캐가 되었을 것이다. 어찌 필부필부(匹夫匹婦)가 작은 신의를 위하여 스스로 도랑에서 목매 죽었으나 아무도 알아주는 이가 없는 것과 같이 행동하겠는가"라고 하였다. 관중이 제희공의 아들 규와 노나라에 도망갔을 때, 규의 동생 소백이 먼저 제나라로 들어가 왕위를 차지하였다. 이가 환공이다. 이에 노나라는 규를 죽였고, 규를 보필했던 신하 소홀은 자결했다. 그러나 관중은 자결하지 않았는데, 공자는 제자들이 관중의 행동에 의문을 품자 이렇게 해명한 것이다.

종들은 떠돌아 다니고 처자는 보호받지 못하며, 이름자는 묻혀 없어지고 무덤은 적막할 뿐이겠지.

아, 슬프다! 하늘이 마음을 내릴 때 어찌 이토록 다르게 주었겠는가. 뜻의 성실함 또한 어찌 남과 다르게 내렸겠는가. 이것이 바로 그들이 원통함과 억울함을 끝끝내 풀지 못하는 이유일 게야. 그런데도 세상의 논자들은 쉽게 한마디 말로 판정하여 말하기를, "가난이란 선비에게 예사로운 일이다"라고 하지. 이 말이 어떤 책에서 나왔는지 도무지 알 수 없어서 마침내 옛 성현들이 남긴 말씀을 찾아보았지. 공자는 "군자는 원래 곤궁하다"[君子固窮]라고 했고, 맹자는 "선비는 뜻을 높이 가진다"[士尙志]라고 하였더군. 천하에서 원래 곤궁하고 뜻을 높이 가진 선비 중에 이 사람[若人 : 가난한 선비]보다 더 심한 사람은 없음에도, 성인은 이 사람을 위해서 이와 같은 말을 준비하여 정녕 거듭 경계를 내린 듯하니, 어찌 지극히 원통하고 지극히 억울한 일이 아니겠는가. 그래서 소계(蘇季)는 허벅지를 송곳으로 찌르며 글을 읽고* 곤궁한 매고(枚皐)는 독서에 더욱 힘썼으니†, 이것만이 원통함을 씻고 억

* 소계는 전국 시대의 소진(蘇秦)을 말한다. 소진의 자가 계자(季子)이기 때문에 '소계'라고 적었다. 졸음이 오면 허벅지를 송곳으로 찔러가며 글을 읽었다고 전해진다.

† 매고는 한(漢)나라의 문인 매승(枚乘)의 서자이다. 어려서 어머니와 함께 곤궁하게 살았다. 무제 때 대궐에 글을 올려 자신이 이미 세상을 떠난 매승의 아들임을 밝혀 벼슬을 얻게 된다.

울함을 푸는 밑천이 될 수 있겠지.

종놈을 붙잡아 놓아 무엇 하겠는가마는, 장날을 기다려 베도 사 와야 하고 겸하여 솜도 타야 하기에 어쩔 수 없이 제법 여러 날을 허비하였고, 또 비와 눈이 연달아 내려 바로 떠나보내지 못했을 따름이다. 둘째아이 혼처(婚處)는 아직 정한 곳도 없는데 혼사 준비를 어찌 미리 논할 수 있겠느냐.‡ 내 평생 세상 물정에 어둡게 살았음을 잘 알 텐데도, 이런 말을 하는 걸 보니 나도 모르게 웃음이 나는구나.

누이의 편지가 위로가 되는구나. 그렇지만 내행(內行 : 먼 관아로 나들이한 집안의 부녀자)을 다 보내고 홀로 빈 관아를 지키고 있어, 곁에서 대신 편지를 읽어 주고 쓰게 할 사람이 없으니, 어쩔 수가 없구나. 내 평생 언문을 한 글자도 알지 못하여, 50년 동안 해로한 아내§에게도 끝내 편지 한 글자 주고받은 일이 없었으니, 지금에 와서는 한이 되는구나. 이 일은 아마도 들어서 알 것이니,

임금이 자주 매고에게 부를 짓도록 하였는데, 매전 즉시 지었다고 한다. 『한서』「매고전」에 이야기가 전해지고 있다.

‡ 연암의 둘째 아들 종채(宗采)는 1795년(정조 19) 가을 유영(柳詠)의 딸과 결혼하였다. 이 편지가 1795년 가을 이전에 쓰였음을 알 수 있다.

§ 연암의 부인 전주 이씨(全州李氏)는 연암과 동갑으로, 16살에 시집 와서 51살에 별세하였다. 부부로 지낸 햇수는 35년이지만 부인의 별세할 때의 나이를 들어 50년이라고 말한 듯하다.

이 말을 누이에게 전해 주었으면 한다.

현수(玄壽)*가 편지를 부쳤더구나. 약간의 물자를 보내어 도와주고 싶지만 안타깝게도 인편이 없어 이제껏 보내지 못했다. 목구멍에 뭐가 걸려 있는 것 같구나. 이 종놈에게 주어 보내고 싶은 마음이 아주 크지만, 이놈의 모양새가 신실치 못한 듯하여 일단 그만두고 다른 인편을 기다리려고 한다. 장부 정리는 이미 오래전에 끝났으니 환곡을 다 거두면† 기필코 돌아가련다.

이제 막 안경을 걸치고 편지를 쓰는데, 마치기도 전에 통진(通津 : 경기도 김포시에 있던 조선시대 도호부)에서 편지 두 통이 또 왔구나. 아직 편지를 열어 보지 않았지만, 사연은 알 만하다. 이만 줄인다. _「족손 홍수에게 답함」(答族孫弘壽書), 『연암집』 제3권

* 박현수(朴玄壽)는 이 편지의 수취인 박홍수(朴弘壽)의 사촌 동생이다. 박홍수는 박상로(朴相魯)의 아들로 벼슬은 현감을 지냈다. 그의 집안은 연암의 4대조 박세교(朴世橋) 이후 갈라진 집안이다. 그의 부인 함종 어씨(咸從魚氏)의 외조부가 바로 연암의 고조 박필균(朴弼均)이다.

† 1792년(정조 16) 연암은 안의 현감으로 부임하면서, 환곡을 횡령한 아전들에게 자수를 권하고, 처벌하는 대신 자진하여 변상하게 하였다. 몇 년 안에 횡령한 환곡이 완납되었다.(『과정록』 권2)

7-7. 내 뉘와 함께 보고 듣고 냄새 맡고 깨우치리오!

무더위 속에 모두들 건강하게 잘 지내시는가? 성흠(聖欽 : 이희명)은 근래 어떻게 생활하는지 마음에 걸려 특히 더 잊을 수가 없네그려. 중존(仲存 : 처남 이재성)과는 종종 서로 만나 술이라도 마실 수 있겠지만, 백선(伯善 : 김종원)은 청교(靑橋)를 떠나고 성위(聖緯 : 이희경)는 이동(泥洞)에 없으니‡ 이처럼 긴긴 날에 무얼 하며 소일하시는가?

듣자니, 재선(在先: 박제가)은 이미 벼슬을 그만두었다고 하던데, 집에 돌아온 뒤 몇 번이나 서로 만났는가? 재선이 이미 조강지처를 여의고 또 무관(懋官: 이덕무) 같은 좋은 벗을 잃어, 길고 긴 세상살이 외롭고 쓸쓸하게 되었으니, 그의 얼굴과 말은 보지 않고도 상상이 되는구먼. 그 또한 천지간 어디에도 하소연할 데

‡ 청교(靑橋)는 한양 남부 명철방에 있던 다리로 현재로는 동대문운동장 부근이며, 이동(泥洞)은 현재의 서울 종로구 운니동을 말한다.

가 없는 곤궁한 백성[窮民]이라 일컬을 수 있네그려.

오호 통재라! 내 일찍이 지기(知己)를 잃어 거문고 줄을 끊은 백아(伯牙)의 슬픔이 아내를 잃어 질항아리를 두드렸던 장자의 슬픔보다 심하다고 논한 적이 있었네. 아내를 잃은 자는 그래도 두 번 세 번 장가들 수 있고, 서너 차례 첩을 들여도 안 될 것이 없다네. 터지고 찢어진 의복은 깁고 꿰맬 수 있으며, 깨지고 일그러진 집기는 새로 바꿀 수 있는 것과 같지. 경우에 따라서는 후처(後妻)가 전처(前妻)보다 나을 수 있고, 나는 비록 늙었지만 배우자는 젊어서 신혼의 즐거움이 옛날과 지금 사이에 차이가 없을 수도 있지. 하지만 지기를 잃은 애통함은 어찌할 수가 없네. 내 다행히 눈이 있지만 뉘와 더불어 내 보는 것을 같이하며, 내 다행히 귀가 있지만 뉘와 더불어 내 듣는 것을 같이하며, 내 다행히 입이 있지만 뉘와 더불어 내 맛보는 것을 같이하며, 내 다행히 코가 있지만 뉘와 더불어 내 맡는 것을 같이하며, 내 다행히 마음이 있지만 뉘와 더불어 내 지혜와 깨달음을 같이할 수 있단 말인가?

종자기(鍾子期)가 죽었으니, 백아가 이 석 자의 오동나무를 끌어안고 장차 누구를 향하여 연주하며 장차 누구로 하여금 듣게 한단 말인가? 그런 상황에서는 차고 있던 칼을 뽑아 거문고 다섯 줄을 한 번에 내리그어 퉁 하는 소리가 나게 하지 않을 수 없었을 것이네. 이렇듯 자르고 끊고 부딪고 부수고 깨뜨리고 밟아서 모두 다 아궁이에 집어넣고 단숨에 불태워 버린 뒤에야 흡족했을 테지. 그러고는 제 스스로 묻고 답했겠지.

"자네 시원한가?"

"시원하네."

"자네 울고 싶은가?"

"울고 싶네."

울음소리가 천지에 가득하니 종이나 경쇠에서 울려 나온 듯하며, 눈물이 옷섶에 떨어지는데 마치 화제(火齊 : 구슬 이름)나 슬슬(瑟瑟 : 구슬 이름) 같았지. 눈물 가득한 채 눈을 들어 보니, 빈 산에는 사람 하나 없는데 물은 흐르고 꽃은 피어나네. _「어떤 이에게 보냄」(與人), 『연암집』 제10권 별집

7-8. 눈으로 보지 않고 먼저 마음으로 정하지 말라!

통달한 사람은 괴이한 것이 없으나 속인들은 의심스러운 것이 많다. 이른바 본 것이 적으면 괴이한 것이 많은 법이다. 그렇지만 통달한 사람이라 해서 사물을 어찌 일일이 쫓아다니며 눈으로 확인하겠는가. 이들은 하나를 들으면 열 가지를 눈앞에 그려 보고, 열 가지를 보면 백 가지를 마음속에 펼쳐 볼 따름이다. 천 가지 괴이하고 만 가지 신기한 것들은 사물에 잠시 붙어 있는 것일 뿐 그 본체와는 관계가 없다. 그러하므로 통달한 사람은 마음이 한가롭게 여유가 있고 사물에 응수하는 것이 무궁하다.

본 것이 적은 자는 하얀 해오라기의 편에서 검은 까마귀를 비웃고, 다리 짧은 오리의 편에서 다리 긴 학을 위태롭다고 여긴다. 사물 자체는 괴이할 것이 없는데, 혼자 괴이하다며 화를 내고, 한 가지 일이라도 자기 생각과 같지 않으면 만물을 전부 비난한다.

아, 저 까마귀를 보라! 그 깃털보다 더 검은 것이 없건만, 느닷없이 유금(乳金)의 빛무리가 어른거리고 다시 석록(石綠)의 광채를 발한다. 해가 비추면 자줏빛이 솟아나 눈에 어른거리다가 어느덧 비췻빛으로 바뀐다. 그렇다면 내가 까마귀를 '푸른 까마귀'라 불러도 괜찮고, '붉은 까마귀'라 불러도 또한 괜찮을 것이다. 까마귀에게는 본래 정해진 색이 없거늘, 내가 눈으로 먼저 그 색을 정한 것이다. 어찌 눈으로만 정했겠는가. 보지 않고서 먼저 그 마음으로 정한 것이다.

아, 까마귀를 검은색이라 고정시키는 것만도 이미 충분하거늘, 다시 까마귀를 기준으로 천하의 모든 색을 고정시키려 한다. 까마귀가 과연 검기는 하지만, 이른바 푸른빛과 붉은빛이 그 검은색 안에 들어 있는 빛인 줄 누가 또 알겠는가. 검은 것을 일러 '어둡다'고 하는 것은 까마귀만 모르는 것이 아니라 검은색조차 모르는 것이다. 왜냐하면 물은 검기에 비출 수가 있고, 옻칠은 검기에 거울이 될 수 있기 때문이다. 그러므로 색이 있는 것 중에 빛이 없는 것이 없고, 형체[形]가 있는 것 중에 자태(姿態)가 없는 것이 없다.

미인(美人)을 관찰하면 시(詩)를 이해할 수 있다. 미인이 고개를 숙이고 있는 것은 부끄러움을 나타낸 것이고, 턱을 고이고 있는 것은 한스러움을 나타낸 것이고, 홀로 서 있는 것은 그리움을 나타낸 것이고, 눈썹을 찌푸리는 것은 근심을 나타낸 것이다. 난간 아래 서 있는 모습을 보여 주면 기다리는 바가 있는 것이고, 파초 아래 서 있는 모습을 보여 주면 바라는 바가 있는 것이다. 만약 미인에게 목욕재계하는 것처럼 단정하게 서 있지 않는다고 나무라거나 소상(塑像)처럼 앉아 있지 않는다고 나무란다면, 이는 양귀비(楊貴妃)에게 치통을 앓는다*고 꾸짖거나 번희(樊姬)†에게 쪽을 감싸 쥐지 말도록 금지하는 행위와 같고, 또한 '사뿐한 걸음걸이'‡를 요염하다고 나무라거나 '손바닥춤'§을 경쾌하다고 꾸짖는 것과 같은 것이다.

나의 조카 종선(宗善)¶은 자(字)가 계지(繼之)인데 시(詩)를 잘 지었다. 한 가지 법에 얽매이지 않고 온갖 시체(詩體)를 두루 갖추어, 우뚝이 동방의 대가가 되었다. 성당(盛唐) 시절의 시인가 하고 보면 어느덧 한위(漢魏)의 시체를 띠다가 또 홀연히 송명(宋明)의 시체를 띠고, 송명의 시라고 말하려 하자마자 다시 성당의 시체

* 당나라 현종(玄宗)의 후궁인 양귀비는 평소 치통을 앓는 모습마저 아름다웠던 것으로 유명하다.

† 번희는 후한(後漢) 때 회남승상 영현(伶玄)의 애첩이었던 번통덕(樊通德)이다. 영현이 번희에게 조비연(趙飛燕)의 최후에 대한 이야기를 하자, 번희가 쪽진 머리를 감싸 쥐며 서글피 울었다고 한다.

‡ 제(齊)나라 폐제(廢帝) 동혼후(東昏侯)의 고사에서 비롯한다. 동혼후는 금으로 만든 연꽃을 땅에 깔아 놓고 애첩인 반비(潘妃)로 하여금 그 위를 걸어가게 하였는데, 반비의 사뿐한 걸음걸이를 보고 걸음마다 연꽃이 피어난다고 칭송하였다고 한다.

§ 손바닥춤[掌舞]은 한나라 성제(成帝)의 후궁이었던 조비연(趙飛燕)이 잘 추었다고 전해지는 춤을 말한다.

¶ 박종선(朴宗善)은 연암의 삼종형인 박명원의 서장자.

로 돌아간다.

아, 세상 사람들이 까마귀를 비웃고 학을 위태롭게 여기는 것이 너무 심하건만, 계지의 정원에 있는 까마귀는 홀연히 자주빛이었다 홀연히 비취빛이었다 한다. 세상 사람들이 미인을 목욕재계하는 것처럼 서게 하거나 소상처럼 앉게 하지만, 손바닥춤과 사뿐한 걸음걸이는 날이 갈수록 경쾌하고 요염해지며 쪽을 감싸 쥐거나 치통을 앓을 때에도 각기 자태를 갖추고 있으니, 사람들이 날이 갈수록 더 성내고 분노하리란 사실에 대해 의심의 여지가 없다.

세상에는 통달한 사람이 적고 속인들이 많으니 묵묵히 말하지 않는 것이 좋으리라. 그러나 쉬지 않고 말을 하게 되니, 무엇 때문인가? 아아!

연암노인(燕巖老人)이 연상각(烟湘閣: 연암이 안의 현감 시절 관아에 지은 정각)에서 쓰다. _ 「능양시집서」(菱洋詩集序), 『연암집』 제7권 별집

7-9. 참모습을 모르는 이명과 코골이

글이란 뜻을 그려 내면 그만일 뿐이다. 글제를 마주하여 붓을 쥐고서 갑자기 옛말을 생각하거나, 억지로 경전(經傳)의 뜻을 찾아서 근엄한 척하고, 글자마다 엄숙하게 쓰는 사람은, 비유하자면 화공(畫工)을 불러서 진영(眞影 : 얼굴을 그린 초상)을 그릴 적에 용모를 고쳐 다듬은 뒤에야 나서는 것과 같다. 시선은 고정되어 옮기지도 않고 옷은 주름까지 말끔히 펴서 평소의 태도를 잃어버린다면, 설령 훌륭한 화공일지라도 그 참모습을 그리기 어려울 것이다. 글을 짓는 일도 이것과 무엇이 다르겠는가.

말은 거창할 필요가 없으니, 도(道)는 털끝만 한 차이로 나누어진다. 말할 만한 것이라면 깨진 기와 조각이나 벽돌이라 해서 어찌 버리겠는가. 그러므로 도올(檮杌)은 사악한 짐승이지만 초(楚)나라의 사관은 그 이름을 취하였고, 몽둥이로 사람을 때려죽이고 파묻어 버리는 극악한 도적이라 할지라도 사마천(司馬遷)과 반고(班固)는 이들을 기록하였다. 글을 짓는 사람은 오직 그 참모습을 그릴 뿐이다.

이렇게 보자면 얻고 잃음은 내게 달려 있고, 비방과 칭찬은 남에게 달린 것이니, 비유하자면 이명과 코골이와 같다. 어린아이가 뜰에서 놀다가 갑자기 귀가 울리자 놀라 기뻐하며, 가만히 이웃집 아이에게 말하였다.

"너 이 소리를 들어봐. 내 귀에서 소리가 울리는데, 피리를 부는 것 같고, 생황을 부는 것 같아. 별처럼 둥글다."

이웃집 아이가 제 귀를 기울여 그 아이의 귀에 대어 보았으나 끝내 아무 소리도 듣지 못했다. 그러자 어린아이는 속이 타서 소리치며 남이 몰라주는 것을 안타깝게 여겼다.

일찍이 시골 사람과 함께 잔 적이 있는데, 그 사람의 코 고는 소리가 우렁찬 것이 토하는 소리 같고, 휘파람 소리 같고, 탄식하는 것 같고, 숨을 내쉬는 것 같고, 불 땔 때 입김을 불어넣는 소리 같고, 물솥이 끓는 소리 같고, 빈 수레가 덜커덩거리는 소리 같았다. 들이마실 때는 톱질 소리처럼 아우성치고, 내쉴 때는 돼지처럼 꿀꿀대었다. 그러다가 남이 일깨워 주자 발끈 성을 내며 '난 그런 적이 없소'라고 말하였다.

아! 자기 혼자만 아는 사람은 남이 알아주지 않는 것을 항상 근심하고, 자기가 깨치지 못한 사람은 남이 먼저 아는 것을 미워한다. 어찌 코와 귀에만 이런 병통이 있겠는가? 문장의 경우는 더욱 심하다. 이명은 병인데도 남이 알아주지 않는 것을 걱정하는데, 병이 아닌 경우는 어떻겠는가. 코골이는 병이 아닌데도 남이 일깨우면 성내는데, 병인 경우는 어떻겠는가.

그러므로 이 책을 보는 사람이 깨진 기와나 벽돌도 버리지 않는다면, 번지듯 먹을 칠한 화공의 붓질에서 사악한 도적의 삐쭉 나온 수염을 찾을 수 있을 것이다. 이명을 듣지 않고 내 코골이 습관을 알아차린다면 작자의 뜻에 거의 가까워질 것이다. _「공작관문고자서」(孔雀館文稿自序), 『연암집』 제3권

7-10. 양양 원님 연암의 탄식

장례를 마치고 성상께서 승천하여 영원히 떠나셨으니*, 멀리 운향(雲鄕: 천제가 사는 곳)을 우러러 머리를 조아리고 길게 부르짖어 보지만 어느 곳에 닿을 수 있겠습니까.

깊은 겨울 매서운 추위에 대감께서는 건강하게 편히 잘 계시는지요? 돌아가신 형님께서 남긴 문집†은 교정본(本)으로 모두 몇 권이나 되는지요? 말세의 풍속이 명성만을 좇으니, 형님의 덕을 알아보는 이들이 드뭅니다. 몸을 낮추어 자신을 기르되‡ 뜻은 고상하고, 용모는 파리하되 여유로운 마음으로 은거하며§, 은거

* 1800년에 치러진 정조(正祖)의 장례를 말한다.

† 이 편지의 수신인인 연암의 족제 박준원(朴準源)의 형 박윤원(朴胤源)의 문집 『근재집』(近齋集)을 말한다.

‡ 원문은 '비목'(卑牧)으로 『주역』(周易) 겸괘(謙卦) 초육(初六)의 상전(象傳)의 "지극히 겸손한 군자는 몸을 낮춤으로써 자신을 기른다"(謙謙君子 卑以自牧)에서 온 표현이다.

§ 원문은 '肥遯'으로 『주역』 둔괘(遯卦) 상구(上九)의 효사(爻辭) "여유 있는 마음으로 물러가 숨으니 이롭지 않음이 없다"(肥遯 无不利)에서 온 표현이다.

하면서도 친한 이들을 피하지 않아 사람들은 은거하는 줄을 알지 못했습니다. 이름은 있지만 선비의 본분을 벗어나지 아니하니 세상 사람들은 그 이름을 들을 수 없었습니다. 또 자리가 이처럼 귀근(貴近 : 높은 지위에 있어 임금을 가까이 모시는 신하)한데도* 멀리 있으려는 마음을 바꾸지 않았고, 도(道)가 한창 형통한 때를 만났는데도 굳은 절개를 굽히지 않았습니다. 이 어찌 '홀로 우뚝 서서 두려워하지 않으며, 굳건하여 그 뜻을 꺾지 않는'† 분이 아니겠습니까. 옛날의 뛰어난 사람들을 살펴봐도 실로 필적할 만한 이를 찾기 힘듭니다. 그 명성과 지위가 충분하지 못하고, 출사와 은거가 같지는 않지만, 풍속을 바로 세워 세상 사람들을 선량하게 하며, 말을 세워 후세에 가르침을 남기려고 한 점에 있어서는 동일하다고 하지 않을 수 없습니다. 이러한 일이 어찌 사문(斯文 : 유학)이 땅에 떨어지지 않게 하는 것일 뿐이겠습니까. 현석(玄石 : 박세채)과 여호(黎湖 : 박필주) 두 선조를 돕고 우리 종중을 더욱 견실

* 1787년 족제 박준원의 셋째 딸 수빈 박씨가 정조의 후궁으로 간택되어 1790년 순조를, 1793년 숙선옹주를 낳았다. 그 형 박윤원은 이렇게 귀한 처지가 되었음에도 불구하고 벼슬에 나아가지 않았다. 이후 정조가 원자(元子)를 위한 강학청(講學廳)이 설치하고 그를 불러 쓰고자 했으나, 거듭되는 교지에도 불구하고 병을 핑계 대고 벼슬을 사양하였다.

† 『주역』 대과괘(大過卦)의 「상전」(象傳) "군자는 이 괘를 본받아 홀로 우뚝 서서 두려워하지 아니한다"(君子以獨立不懼)는 구절과 『주역』 「문언전」(文言傳) "굳건하여 그 뜻을 빼앗을 수 없는 것이 잠룡이다"(確乎其不可拔 潛龍也)라는 구절을 인용한 것이다.

하게 만드는 것입니다.

지난번 영남 고을에 있을 때, 화양동(華陽洞) 선묘(先墓) 제사의 축문(祝文)을 쓰는 문제로 장문의 편지를 내려 주신 적이 있는데[‡], 그 편지가 유고집에 수록되었는지 모르겠습니다. 그때 삼가 답서를 올리면서 실상을 낱낱이 드러내지 않을 수 없었습니다. 이 편지와 함께 등사하여 보내니, 부디 원서(原書)의 아래에다 붙이되 글자 한 자를 낮추어 수록하는 것이 어떻겠습니까?

저는 노쇠로 든 병이 날로 심해지는데, 다시 산으로 바다로 전전하면서[§] 탐욕스런 늙은이로 사는 걸 달게 여기니, 진실로 이 무슨 심사일까요? 고을의 폐단과 백성들의 고질병은 둘 다 고치기 어려운데 풍속과 기후가 너무 다릅니다. 나무가 뽑히고 기왓장이 날아가는 일이 무시로 일어나며, 고래가 울고 악어가 울부짖는 듯한 파도 소리가 베갯머리까지 들립니다. 고향집 생각이 수시로 일어나지만 하늘을 찌를 듯한 수천의 산봉우리가 첩첩이 둘러 있을 뿐입니다. 무릇 이곳은 한때의 유람객들이 지팡이 짚

‡ 연암이 안의 현감으로 재직하던 1796년, 박윤원이 집안 선조의 묘에 대한 제사와 관련된 이야기를 잘못 전해 듣고, 연암에게 예에 벗어났음을 책망하는 편지를 보내왔다. 이에 연암이 자세히 해명하는 답서를 보냈다. 연암의 답서는 『연암집』 제2권에 「답족형윤원씨서」(答族兄胤源氏書)라는 제목으로 수록되었고, 박윤원의 편지도 함께 실려 있다.

§ 연암은 면천 군수로 재직하다가, 1800년 음력 8월 승진하여 강원도 양양에 부사로 부임하였다.

고 나막신 신고 경치 좋은 곳을 찾아 노니는 땅으론 제격입니다. 그러나 늘그막에 서성거리면서 휴양하기에 좋은 곳은 아닙니다. 더구나 하인 한 명도 곁에 두지 않고 중처럼 외롭게 살고 있으니, 어떻겠습니까?

한 해가 저물어 가는데 울적한 마음 이 작은 편지에 다 담을 수가 없습니다. 이만 줄입니다. _「족제 준원에게 보냄」(與族弟準源書), 『연암집』 제10권 별집

연암 박지원 연보

1737년(1세, 영조 13년)	음력 2월 5일 축시, 한양 서쪽 반송방 야동에서 아버지 박사유와 어머니 함평 이씨 사이 2남 2녀 중 막내로 출생.
1739년(3세, 영조 15년)	맏형수 이씨가 16세의 나이로 형 희원에게 시집옴.
1752년(16세, 영조 28년)	관례를 올리고 유안재 이보천의 딸과 혼인.
1754년(18세, 영조 30년)	우울증으로 고생함. 병을 고치기 위해 저잣거리로 나가 분뇨장수, 거간꾼, 이야기꾼 등을 만나 그들의 이야기를 글로 옮겼고, 이것이 후일 『방경각외전』(1757, 21세)으로 묶임.
1755년(19세, 영조 31년)	처숙 영목당 이양천 급작스럽게 별세.
1759년(23세, 영조 35년)	어머니 함평 이씨 59세의 나이로 사망. 큰딸이 태어남.
1760년(24세, 영조 36년)	조부 박필균 별세(향년 76세). 이후 연암의 큰형수가 실질적 가장이 됨.
1761년(25세, 영조 37년)	홍대용을 만남. 과거시험지에 고목이나 노송 등만 그려 놓고 나옴.
1765년(29세, 영조 41년)	가을에 유언호, 신광온 등과 금강산 유람. 이때 총석정에서 해돋이를 본 감흥으로 「총석정관일출」을 씀(『열하일기』에도 수록). 홍대용이 작은아버지 홍억의 수행원으로 중국에 다녀옴.
1766년(30세, 영조 42년)	장남 종의가 태어남(후에 형 희원의 양자로 보냄).

1767년(31세, 영조 43년)	아버지 박사유가 65세의 나이로 별세. 장지 문제로 녹천 이유 집안과 산송이 벌어짐.
1768년(32세, 영조 44년)	백탑 근처로 이사. 이덕무, 이서구, 서상수, 유금, 유득공 등과 가까이 지냄. 박제가, 이서구가 제자로 들어옴.
1770년(34세, 영조 46년)	감시에서 장원급제하여 영조를 친견함. 이후 시험지를 내지 않거나 시험지에 그림을 그려 벼슬에 뜻이 없음을 보임. 이후 다시는 과거를 보지 않았음.
1771년(35세, 영조 48년)	큰누님이 43세로 별세. 누님의 죽음을 슬퍼하면서 「맏누님 증 정부인 박씨 묘지명」을 지음. 벗 이희천이 불온서적(『명기집략』)을 소지했다는 이유로 참수당함.
1772년(36세, 영조 49년)	식솔들을 처가로 보내고 서울 전의감동에 혼자 살며 홍대용, 정철조, 이서구, 이덕무, 박제가, 유득공 등 벗들과 더욱 친하게 사귐. 박제가의 문집 『초정집』에 법고창신의 문학론을 담아 서문을 씀.
1777년(41세, 정조 1년)	장인 이보천 별세(향년 64세).
1778년(42세, 정조 2년)	홍국영을 피해 황해도 금천 연암골에 은둔. 형수 전주 이씨가 55세로 죽음. 「맏형수 공인 이씨 묘지명」을 지음.
1780년(44세, 정조 4년)	홍국영이 실각하자 서울로 돌아옴. 건륭황제 만수절 사절단의 단장이 된 삼종형 박명원을 따라 5월에 한양을 떠나 중국으로 출발, 10월에 귀국. 5개월간 보고 듣고 체험한 것을 기록한 메모 뭉치를 정리하며 『열하일기』 집필에 들어감. 둘째 아들 종채 태어남.
1781년(45세, 정조 5년)	박제가가 쓴 『북학의』의 서문을 씀. 벼루의 달인, 친구 정철조 죽음. 그를 위해 「정석치에 대한 제문」을 지음.
1783년(47세, 정조 7년)	홍대용이 중풍으로 별세(향년 53세). 『열하일기』 완성.

1786년(50세, 정조 10년) 유언호의 천거로 선공감 감역에 임명되어 '생계형 관직생활'을 시작함.

1787년(51세, 정조 11년) 부인 전주 이씨 별세(향년 51세). 큰형 희원 별세(향년 58세). 추도시 「연암협에서 선형을 생각하다」를 지음.

1790년(54세, 정조 14년) 연행길에 연암을 동행시켰던 삼종형 박명원 별세(향년 66세). 사복시 주부, 사헌부 감찰로 전보되었으나 사퇴함. 제릉령에 임명되자 한가로운 곳에서 마음대로 독서하고 저술할 수 있게 된 것을 기뻐함.

1791년(55세, 정조 15년) 한성부 판관에 임명됨. 겨울에는 안의 현감으로 부임.

1792년(56세, 정조 16년) 1월, 임지 안의에 도착. 첫 녹봉을 받자마자 10여 년 전 연암골 생활 당시 자신에게 돈을 융통해 주고 유언호가 빚을 떠안았던 돈 1천냥을 갚음.

1793년(57세, 정조 17년) 『열하일기』로 잘못된 문체를 퍼뜨린 잘못을 속죄하라는 정조의 질책을 받음. 벗 이덕무가 53세로 죽음. 감사의 만류에도 사진(私賑) 시행. 사진이 끝난 뒤 조정에서 내린 공명첩도 반환함. 관아 내의 버려진 땅을 다듬어 '하풍죽로당'이라는 정자를 지음. 통인 박상효의 조카딸이 남편의 삼년상을 마치고 자결한 사연을 듣고, 「열녀 함양 박씨전」을 씀.

1795년(59세, 정조 19년) 차남 종채가 혼인함.

1796년(60세, 정조 20년) 직접 고추장을 담가 자식들에게 보냄. 큰아들 종의에게서 맏손자 효수 태어남. 안의현 백성들이 송덕비를 세우려 하자 크게 꾸짖고, 세우지 못하게 함. 안의 현감 임기가 끝나 서울로 돌아옴. 여생을 보낼 요량으로 종로구 계동에 벽돌을 사용하여 계산초당(총계서숙)을 지음. 훗날 아들 박종채가 머물렀고, 손자 박규수가 이곳에서 태어났음. 제용감 주부에 임명되었다가 의금부 도사로 전보됨. 벗 유언호가 67세로 죽음.

1797년(61세, 정조 21년) 7월, 면천 군수에 임명되어 정조를 알현함. 이때 문체에 대한 이야기를 다시 나누었고, 정조의 명령으로 「서이방익사」라는 글을 쓰게 됨.

1798년(62세, 정조 22년) 연암이 있던 면천군에 천주교가 성행했으나, 천주교도들을 크게 벌하지 않고 교화시켜 방면함. 이로써 신유박해(1801) 때 면천군에서는 한 명의 희생자도 나오지 않았다고 함.

1799년(63세, 정조 23년) 봄에 흉년이 들자, 안의에서 했던 것처럼 사진을 시행하여 백성을 구휼함. 농서 『과농소초』를 지음.

1800년(64세, 정조 24년) 6월 28일, 정조 승하. 정조의 진향문을 짓는 제술관에 임명됨. 8월에 양양부사로 승진. 상경하여 정조의 혼전에 하직을 고함.

1801년(65세, 순조 1년) 봄에 양양 부사를 그만두고 상경.

1802년(66세, 순조 2년) 겨울, 아버지의 묘 이장 문제로 유한준과 산송. 이후 울화통이 치미는 증세에 시달림.

1805년(69세, 순조 5년) 10월 20일 오전 8시경, 가회방 재동 집의 사랑에서 생을 마침. 다만 깨끗하게 씻어 달라는 유언을 남김. 장단에 있는 부인 전주 이씨묘에 합장함.